数字电视技术丛书

数字电视测试原理与方法

数字电视国家工程实验室(北京) 编著

科学出版社
北京

内 容 简 介

本书参考国家相关标准和规范，主要介绍了地面数字电视系统的测试原理与方法。全书共分 5 章。第 1 章介绍了无线通信的基础知识，包括基本概念、信道编码、调制方式和信道模型；第 2～4 章分别详细介绍了激励器、发射机、信号覆盖和接收机各项指标的测试，对每项指标的测量方法均从原理、测量框图与测量步骤三个方面进行描述；第 5 章简要介绍了数字电视产品测试中常用的测试仪器。

本书可作为广播电视技术院校的教学用书，也可作为数字电视领域工程技术人员的参考书。

图书在版编目(CIP)数据

数字电视测试原理与方法/数字电视国家工程实验室(北京)编著.
北京：科学出版社，2012
（数字电视技术丛书）
ISBN 978-7-03-033633-0

I.①数… Ⅱ.①数… Ⅲ.①数字电视-测试技术 Ⅳ.①TN949.197

中国版本图书馆 CIP 数据核字(2012)第 030041 号

责任编辑：张 濮 陈 静/责任校对：郑金红
责任印制：赵 博/封面设计：迷底书装

科 学 出 版 社 出版
北京东黄城根北街 16 号
邮政编码：100717
http://www.sciencep.com

新科印刷有限公司 印刷
科学出版社发行 各地新华书店经销
*

2012 年 3 月第 一 版 开本：B5(720×1000)
2012 年 3 月第一次印刷 印张：12 插页：1
字数：230 400
定价：35.00 元
（如有印装质量问题，我社负责调换）

实施数字电视国标

培养数字电视人才

发展数字电视产业

惠及数字电视用户

邬贺铨

2012.3.8

邬贺铨　中国工程院院士

普及数字电视知识
培养专门技术人才
提高服务质量

吴佑寿
二〇一〇、三

吴佑寿　中国工程院院士

《数字电视技术丛书》编写委员会

丛 书 序

2006 年 8 月我国颁布了自主研发的国家地面电视标准——《数字电视地面广播传输系统帧结构、信道编码和调制》(GB 20600—2006)(以下简称国标),并作为国家强制性标准在全国范围内推广使用。国标采用了先进的技术和设计理念,拥有完全自主知识产权,与现有的国际标准比较,在频谱利用率、快速同步、接收灵敏度、支持高清移动接收、支持未来业务扩展及系统的整体性能等方面都有较大的提高。在 2007 年开始的国标海外推广过程中,与现有国际标准(美国、欧洲及日本标准)进行了充分的对比测试,国标技术第一次得到普遍认可。目前国标海外推广工作已经取得突破性进展,该项工作得到国家有关部委及国家领导人的高度重视。2009 年国家发改委批准清华大学、北京航空航天大学、上海交通大学、中国电子技术标准化研究所、中国普天信息产业股份有限公司、北京海尔集成电路设计有限公司、北京北广科技股份有限公司、北京同方凌讯科技有限公司、北京牡丹电子集团有限责任公司、北京京东方科技集团股份有限公司、北京数码视讯科技股份有限公司、深圳市国微控股股份有限公司等组建数字电视国家工程实验室(北京)。实验室的主要工作任务是国标演进技术研发及国标海外推广应用工作,其中很重要的一部分工作就是培训熟悉国标使用的工程技术人员,以保证国标实施的最佳效果。

国际上绝大多数国家数字电视转换工作都还没有开始或者刚刚开始,我国的数字电视转制工作也刚起步。按国家广播电影电视总局的规划,2015 年开始关闭模拟电视广播,因此,未来几年将是数字电视加速发展的阶段,支持数字电视的发展需要规模庞大的技术人员。数字电视尤其是地面数字电视带来的产业革命,在技术的复杂度、业务应用的深度和广度等方面都是模拟电视不可比拟的,模拟电视时代的技术人员已经很难适应发展的需要。基于这样的背景,数字电视国家工程实验室(北京)结合海外培训教材的准备情况,联合业内研究、生产第一线的专家,编写了这套数字电视技术丛书。

本套丛书涵盖数字电视节目制作、前端系统、发射系统与测试全产业链,注重实用性,适合数字电视领域工程技术人员学习,可以作为广播电视技术院校的教材,将有助于培养具备产业前沿技术知识与实际工作能力的技术人员。相信本套丛书的出版将对我国数字电视产业发展起到积极的推动作用。

《数字电视技术丛书》编写委员会

2012 年 3 月

前　言

　　本书参考国家相关标准和规范，介绍了地面数字电视激励器、发射机、接收机（器）、天馈线系统及网络覆盖等方面的技术要求和技术指标的测量方法，对每个技术参数描述其物理意义、测量原理和方法。全书共分5章。第1章介绍了无线信道的基本概念、信道编码、调制和典型的衰落模型，帮助读者了解测量指标的意义；第2章介绍了激励器、发射机、天馈线系统的主要技术指标与测量方法；第3章介绍了地面数字电视广播信号覆盖测量方法，包括固定点测试和移动路线测试；第4章介绍了接收机测量的主要技术指标与测量方法；第5章介绍了地面数字电视广播系统各个环节的测试项目与常用测试仪器，以方便读者了解地面数字电视广播系统的工程实施、验收过程，以及进行测试环境的设计和测试平台的搭建。

　　本书的编写主要参考了国家有关标准和规范，北京蓝拓扑电子技术有限公司参与了第5章部分章节的编写。同时，在本书的编写过程中我们参考了较多的书籍、论文和网络文献。在此向相关作者一并表示深深的谢意。

　　本书注重实用性，面向数字电视领域工程技术人员，可作为广播电视技术学院（校）的参考教材，有助于培养具备产业前沿技术知识与实际工作能力的技术人员。

　　由于数字电视技术及产业均处于不断发展和完善的阶段，加上编者水平有限，书中难免存在疏漏和不足之处。我们将在今后的研发、生产和工程实践中不断改进和完善，恳请广大读者和同行提出宝贵意见。

作　者

2012 年 1 月

目　　录

第1章　无线通信基础知识

在无线通信中,信号在传输时会受到多径延迟、路径衰落和多普勒频移等多种衰落影响。本章以地面数字电视广播传输为主介绍无线信道的基本概念、信道编码、数字调制和典型的衰落模型。

1.1　概　　述

1.1.1　无线信道的基本概念

信道是指通信中发送端和接收端之间的通路。无线电波以空气为媒介在自由空间中传播,从发送端传送到接收端没有一个有形的连接,其传播路径也有可能不止一条,但为了形象地描述发送端与接收端之间的工作,可以想象两者之间有一条看不见的通路衔接,这条衔接通路称为无线信道。

1)信道带宽

信道具有一定的频率带宽,即信道带宽。它限定了允许通过该信道的信号下限频率和上限频率,也就是限定了一个频率通带。比如,一个信道允许的通带为 1.5～15kHz,那么其带宽为 13.5kHz。如果不考虑衰减、时延及噪声等因素,那么最低频率分量和最高频率分量都在该频率范围内的任意复合信号,都能不失真地通过该信道。

信道带宽可以表示为

$$W = f_2 - f_1$$

式中: f_1 是信道能通过的最低频率, f_2 是信道能通过的最高频率。两者都是由信道的物理特性决定的。

2)信道容量

信道容量是信道的另一个参数,反映了信道所能传输的最大信息量。数据在通信信道中的传输速率取决于很多参数。在信息传输通道中,携带数据信息的信号单元称为码元。每秒钟通过信道传输的码元数称为码元传输速率,简称波特率。每秒钟通过信道传输的信息量称为位传输速率,简称比特率。波特率是对信号传输速率的一种度量,通常以"波特每秒"(Baud/s)为单位;比特率是对信息传输速率的度量,它用单位时间内传输的二进制代码的有效位数(bit)来表示,其单位为比特每秒(bit/s)、千比特每秒(kbit/s)或兆比特每秒(Mbit/s)。波特率有时会同比特率混淆,实际上波特率可以被理解为单位时间内传输码元符号的个数,通过不同的调制方法可以在一个码元符号上负载多个比特信息。

当每个码元携带的信息量为1bit时,波特率才和比特率相同;当每个码元携带的信息量可能不止1bit时,信息比特率则大于波特率。

奈奎斯特(Nyquist)采样定理指出,在进行模拟/数字信号的转换过程中,当采样频率 $f_{s,max}$ 不小于信号中最高频率 f_{max} 的2倍时($f_{s,max} \geqslant 2f_{max}$),采样之后的数字信号能完整地保留原始信号中的信息。1924年奈奎斯特就推导出,理想通信传输信道最大码元传输速率是信道带宽的2倍,因此在实际信道中码元速率存在上界。然而,通过多电平编码使每个码元携带多于1bit的信息量,就可以在相同的码元速率下提高传输信息量的大小。香农(Shannon)给出了在无噪声信道中,信道容量与信道带宽、编码电平数的关系为

$$C = 2BW \times \log_2 N$$

式中:C 为信道容量(bit/s),BW为信道带宽(Hz),N 为编码电平数。实际上,在通信方面干扰是客观存在的,香农进一步研究了受随机噪声干扰的信道的情况,给出了计算信道容量的香农公式,即

$$C = BW \times \log_2(1 + S/N)$$

式中:S 表示平均信号功率,N 为平均噪声功率,S/N 通常用分贝(dB)表示。由此可见,只要提高信道的信噪比,便可提高信道的最大数据传输速率。

1.1.2　无线信道的特性

无线电波通过自由空间波、反射波、电离层波、地表面波等多种方式从发射天线传播到接收天线。自由空间波又称为直射波,沿直线传播。对流层在地球上方10英里(1英里=1.609344千米)处,反射系数随着高度的增加而减小。大气中40英里到400英里的高度是电离层,电离层可产生电波散射。电离层和对流层都具有随机快速的连续波动特性,对电波产生折射、散射和反射。散射信道不存在电波的直射分量。地波传播可以看成直射波、反射波和表面波的综合,如图1-1所示。由于表面波随着频率的升高其衰减增大,传播距离很有限,所以在分析地面广播信道时,主要考虑直射波和反射波的影响。

实际上,信号从发射天线到接收天线的传输过程中,会经历各种复杂的传播路径,包括直射路径、反射路径、衍射路径、散射路径及这些路径的组合。同时,电波在各条

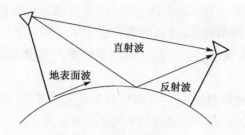

图 1-1　地波传播的形式

路径的传播过程中,有用信号会受到各种噪声的污染,如高斯白噪声、脉冲干扰等。此外,无线信号传播时,不仅存在自由空间固有的传输损耗,还会受到由于建筑物、地形等阻挡而引起的信号功率的衰减,这种衰减还会由于移动和信道环境的变化使得接收端信号处于极不稳定的状态。接收信号的幅度、频率、相位均处于不断变化中。

地面数字电视广播无线信道是一个宽带(我国是 8MHz)、高速、高容量(多级码元)、长延时(几十千米)的信道。在地面广播传输环境下,除常规的干扰,如高斯白噪声、脉冲干扰等,其信道还具有以下几类干扰源。

(1)多径干扰。射频(Radio Frequency,RF)信号会因山川、建筑物、移动物体的影响产生反射,这样经不同路径到达接收机的信号相位相互影响,从而导致瑞利衰落(快衰落),同时也会引起信号频谱的深度衰落(频率选择性衰落)。多径干扰对模拟电视影响的结果是使电视屏产生重影(ghost)。当多径传输干扰严重时,单靠增加发射机功率提高接收时的信噪比并不能降低误码率(Bit Error Rate,BER)。因此,克服多径干扰成为实现地面数字电视广播的关键技术。

(2)多普勒频移。地面数字电视广播信道与接收方式有关,接收方式是指固定接收、车载移动接收和便携手持接收。接收机和发射机的相对运动会产生多普勒频移。

(3)由于同播的要求会受到常规电视的干扰。同播时相邻服务区的同一频道的普通电视节目将有可能进入接收机,从而产生强同频干扰。而且在数字地面广播传输特高频(Ultra High Frequency,UHF)/甚高频(Very High Frequency,VHF)频段时,还会有诸如单载波干扰、邻频干扰等对传输信号的叠加影响。信道均衡时,除了要考虑多径干扰的影响之外,还必须考虑到如何对抗频带内的单频干扰和模拟电视干扰。

1.1.3　信道编码与调制

信息通过信道传输。由于物理介质的干扰和噪声无法避免,所以信道的输入和输出之间仅具有统计意义上的关系,在作出唯一判决的情况下将无法避免差错,其差错概率完全取决于信道特性。因此,一个完整、实用的通信系统通常都包括信道编译码模块。信道编码在降低误码率、提高信息传输的可靠性的同时,使系统具有一定的抗干扰能力和纠错能力,提高数据传输效率。视频信号在传输前都会经过高度压缩以降低码率,传输错误会对最后的图像恢复产生极大的影响,因此信道编码的性能显得尤为重要。

电磁波从发射天线辐射出去后,不仅电波的能量会扩散,接收机仅能接收其中极小的一部分,而且在传播过程中,电波的能量还会被地面、建筑物及高空电离层吸收或反射,或产生折射、散射等现象,到达接收端时信号强度会大大减弱。因此,无线传播一般需要将基带信号调制到一个高频(射频)的载波上,以适应天线辐射和无线传播。只有当天线的尺寸与信号波长相比拟时,天线的辐射效率才较高,以较小的信号功率传播较远的距离。采用高频发射,所需的天线尺寸才能大大下降。另外,不同的发射台可以不同的载波频率发射信号,在频谱上区别开来,避免发射同一频段的基带信号,在信道中相互重叠、干扰。

1.2　信道编码

信道编码的实质是在信息码中增加一定数量的多余码元(称为监督码元),使它们满足一定的约束关系。这样,由信息码元和监督码元共同组成一个信道传输的码字。一旦传输过程中发生错误,则信息码元和监督码元间的约束关系就会被破坏。在接收端按照既定的规则校验这种约束关系,就会达到发现和纠正错误的目的。

信道编码的本质是增加通信的可靠性,但信道编码会使有用的信息数据传输减少。信道编码的过程是在源数据码流中插入一些码元,以便在接收端进行判错和纠错,这就是人们常常说的开销。好比运送一批玻璃杯,为了保证运送途中不出现打烂玻璃杯的情况,人们通常都用一些泡沫或海绵等将玻璃杯包装起来。这种包装使玻璃杯所占的容积变大,原来一部车能装 5000 只玻璃杯,包装后就只能装 4000 只了。显然,包装的代价使运送玻璃杯的有效个数减少了。同样,在带宽固定的信道中,总的传送码率也是固定的,由于信道编码增加了数据量,其结果只能是以降低传送有用信息码率为代价。将有用比特数除以总比特数就等于编码效率,也称为"码率"。比如欲传输 k 位信息,经过编码得到长为 $n(n>k)$ 的码字,则增加了 $n-k=r$ 位监督码元,定义编码效率或码率 R_c 为

$$R_c = k/n$$

假定单位时间内传输的信息量恒定,增加的冗余码元则反映为带宽的增加;在同样的误码率要求下,带宽增加可以换取比特信噪比 E_b/N_0 值的减小。在给定误码率下,编码与非编码传输相比增加的信噪比 E_b/N_0 称为编码增益。

需要强调的是,在有信道编码存在的情况下,通常用以评价系统性能的 E_b/N_0 值是每比特信息的信噪比,而不是每比特码元的信噪比。假设传输一比特码元所需平均能量为 E_c,则有

$$E_c = E_b \times R_c$$

误码的处理技术有纠错、交织、线性内插等。由于对信道编码技术的详细探讨需要引入大量有限域代数和统计学知识,已超出本书范围,因此下面仅介绍一下基本概念和结论,有兴趣的读者可以参考有关的专著。

1.2.1　信道编码的历史与现状

20 世纪 40 年代,Hamming 和 Golay 提出了第一个实用的差错控制编码方案,使编码理论这个应用数学分支的发展得到了极大的推动。通常认为是 Hamming 提出了第一个差错控制码。当时他作为一个数学家受雇于贝尔实验室,主要从事弹性理论的研究。他发现计算机经常在计算过程中出现错误,而一旦有错误发生,程序就会停止运行。这个问题促使他编制了使计算机具有检测错误能力的程序,通过对输入数据编码,使计算机能够纠正这些错误并继续运行。Hamming 所采用的方法就是将输入数据每 4 个 bit 分为一组,然后通过计算这些信息比特的线性组合来得到 3 个校验比特,然后将得到的 7 个 bit 送入计算机。计算机按照一定的原则读取这些码字,通过采用一定的算法,不仅能够检测到是否有错误发生,而且还可以找到发生单个比特错误的比特的位置,该码可以纠正 7 个 bit 中所发生的单个比特错误。这个编码方法就是分组码的基本思想,Hamming 提出的编码方案后来被命名为汉明码。

虽然汉明码的思想是比较先进的,但是它也存在许多难以接受的缺点。首先,汉明码的编码效率比较低,每 4 个 bit 编码就需要 3 个 bit 的冗余校验比特。其次,在一个码组中只能纠正单个的比特错误。Golay 研究了汉明码的这些缺点,并提出了两个以他的名字命名的高性能码字。一个是二元戈莱码,在这个码字中 Golay 将信息比特每 12 个分为一组,编码生成 11 个冗余校验比特,相应的译码算法可以纠正 3 个错误。另一个是三元戈莱码,它的操作对象是三元而非二元数字。三元戈莱码将每 6 个三元符号分为一组,编码生成 5 个冗余校验三元符号。这样由 11 个三元符号组成的三元戈莱码码字可以纠正两个错误。

汉明码和戈莱码的基本原理相同。都是先将 q 元符号按每 k 个分为一组,然后通过编码得到 $n-k$ 个 q 元符号作为冗余校验符号,最后由校验符号和信息符号组成有 n 个 q 元符号的码字符号。得到的码字可以纠正 t 个错误,编码码率为 k/n。这种类型的码字称为分组码。一般记为 (q,n,k,t) 码,二元分组码可以简记为 (n,k,t) 码或者

(n,k) 码。汉明码和戈莱码都是线性的,任何两个码字经过模 q 的加操作之后,得到的码字仍旧是码集合中的一个码字。

在戈莱码提出之后,最主要的一类分组码就是 Reed-Muller 码。它是 Muller 在1954 年提出的,此后 Reed 在 Muller 提出的分组码的基础上得到了一种新的分组码,称为 Reed-Muller 码,简记为 RM 码。在 1969 年到 1977 年之间,RM 码在火星探测方面得到了极为广泛的应用。即使在今天,RM 码也具有很大的研究价值,其快速的译码算法非常适合于光纤通信系统。

在 RM 码提出之后人们又提出了循环码的概念。循环码实际上也是一类分组码,但它的码字具有循环移位特性,即码字比特经过循环移位后仍然是码字集合中的码字。这种循环结构使码字的设计范围大大增加,且大大简化了编译码结构。循环码的另一个特点就是它可以用一个幂次为 $n-k$ 的多项式来表示,这个多项式记为 $g(D)$,称为生成多项式,其中 D 为延迟算子。循环码也称为循环冗余校验(cyclic redundancy check,CRC)码,并且可以用 Meggitt 译码器来实现译码。由于 Meggitt 译码器的译码复杂性随着纠错能力 t 的增加而呈指数形式的增加,因此通常 CRC 码用于纠正只有单个错误的应用情况,常用做检错码而非纠错码。

循环码的一个非常重要的子集,就是分别由 Hocquenghem 在 1959 年、Bose 和 Ray-Chaudhuri 研究组在 1960 年几乎同时提出的 BCH(Bose Chaudhuri Hocquenghem)码。BCH 码的码字长度为 $n=qm-1$,其中 m 为一个整数。二元 BCH 码($q=2$)的纠错能力限为 $t<(2m-1)/2$。1960 年,Reed 和 Solomon 将 BCH 码扩展到非二元($q>2$)的情况,得到了 RS(Reed-Solomon)码。1967 年,Berlekamp 给出了一个非常有效的译码算法后,RS 码得到了广泛的应用。此后,RS 码在 CD 播放器、DVD 播放器中得到了很好的应用。

虽然分组码在理论分析和数学描述方面已经非常成熟,并且在实际的通信系统中也已经得到了广泛应用,但分组码固有的缺陷大大限制了它的进一步发展。首先,由于分组码是面向数据块的,因此,在译码过程中必须等待整个码字全部接收到之后才能开始进行译码。在数据块长度较大时,引入的系统延时是非常大的。其次,分组码要求精确的帧同步,即需要对接收码字或帧的起始符号的时间和相位精确同步。最后,大多数基于代数的分组码的译码算法都是硬判决算法,而不是对解调器输出未量化信息的软译码,从而造成了一定程度的增益损失。

1955 年 Elias 等提出了卷积码。通常卷积码记为 (n,k,N) 码,其编码过程是连续进行的,即依次连续将每 k 个信息元输入编码器,得到 n 个码元。得到的码元中的检验元不仅与本码的信息元有关,还与之前时刻输入到编码器的信息元(反映在编码寄存器的内容上)有关。同样,在卷积码的译码过程中,不仅要从本码中提取译码信息,还要从之前和之后时刻收到的码组中提取译码相关信息。卷积码充分利用了各个信息块之间的相关性,译码可以连续进行,译码延时相对比较小。通常,在系统条件相同的情况下,达到相同译码性能时,卷积码的信息块长度和码字长度都要比分组码小,相应译码复杂度也较小。

　　近年来,在信道编码定理的指引下,人们致力于寻找能满足现代通信业务要求、结构简单、性能优越的好码;并在分组码、卷积码等基本编码方法和最大似然译码算法的基础上提出了许多构造好码与简化译码复杂性的方法。例如,乘积码、代数几何码、低密度校验(Low Density Parity Check,LDPC)码、分组-卷积级联码等编码方法和逐组最佳译码、软判决译码等译码方法,以及编码与调制相结合的网格编码调制(Trellis Coded Modulation,TCM)技术。其中,对纠错码发展贡献比较大的有级联码、软判决译码和 TCM 技术等。

1.2.2　信道编码的分类

　　信道编码的基本方式可以粗分为两大类。一类是反馈方式,其基本特征是信道编码构造简单,需要反馈信道;另一类称为前向纠错(Forward Error Correction,FEC)方式。FEC 译码器根据码的规律性自动纠正错误。其优点是单向传输,纠错迅速;缺点是码的构造复杂,编码效率较低。在未来的多媒体广播通信网络中,对用户上行信息和某些数据量小、对传输错误非常敏感的多媒体服务可以采用反馈方式。目前,地面数字电视广播是单向传输,没有回转信道,其信道编码方式只能采用 FEC 方式。

　　FEC 编码的分类方式很多,彼此之间又互相涵盖。常见的分类方式有以下几种。

　　(1)根据监督码元与信息组之间的关系,可以分为分组码和卷积码两大类。若本码组的监督码元仅与本码组的信息码元有关,而与其他码组的信息码元无关,则称这类码为分组码。若本码组的监督码元不仅和本码组的信息码元相关,而且还和与本码组相邻的前若干码组的信息码元有约束关系,则这类码称为卷积码。

　　(2)根据码字中的信息码元是否发生变化,可分为系统码与非系统码。在系统码中,编码后的信息码元保持原样不变,而非系统码中信息码元则改变了原有的形式。在分组码情况下系统码与非系统码性能相同,因此更多地采用系统码;在卷积码的情况下有时非系统码有更好的性能。

　　(3)根据构造编码的数学方法,可分为代数码、几何码和算术码。代数码建立在近世代数的基础上,理论发展最为完善。

　　(4)根据监督码元和信息码元的关系,可分为线性码和非线性码。若编码规则可以用线性方程组来表示,则称为线性码。反之,若两者之间不存在线性关系,则称为非线性码。线性码是代数码的一个最重要分支。

(5)根据码的功能可分为检错码、纠错码和纠正删除错误的纠删码。但实际上这三类码并无明显区分,同一类码可在不同的译码方式下体现出不同的功能。

(6)按照纠正错误的类型不同,可以分为纠正随机错误码和纠正突发错误码。前者主要用于发生零星独立错误的信道,而后者则用于对付以突发错误为主的信道。

(7)按照码字中每个码元的取值不同,还可分为二进制码和 q 进制码。一般 $q=p^m$,其中 p 为素数,m 为正整数。

(8)按照对每个信息元的保护能力是否相等,可分为等保护纠错码与不等保护纠错码。

此外还有其他分类,在此不一一列举。在数字电视传输中常用的 FEC 纠错码有卷积码、RS 码、LDPC 码等。我国地面数字电视传输标准信道编码采用了 BCH 码和 LDPC 码。

1.2.3 BCH 码

BCH码是一类最重要的循环码,能纠正多个随机错误。它是 1959 年由 Bose、Ray-Chaudhuri 及 Hocquenghem 各自独立发现的二元线性循环码,人们用他们名字的字头命名为 BCH 码。BCH 码有严密的代数理论,是目前研究最透彻的一类码。它的生成多项式与最小码距之间有密切的关系,可以根据所要求的纠错能力 t 很容易构造出 BCH 码。它们的译码器也容易实现,所以 BCH 码是线性分组码中应用最普遍的一类码。

线性分组码是指,将信息序列划分为长度为 k 的序列段,在每一段后面附加 r 位的监督码,且监督码和信息码之间构成线性关系,即它们之间可由线性方程组来联系。这样构成的抗干扰码称为线性分组码。设码长为 n,信息位长度为 k,则监督位长度为 $r=n-k$。因为长度为 n 的序列上每一位都可能出错,所以要纠正一位出错就有 n 种情况。另外还有不出错的情况,因此,必须用长度为 r 的监督码表示出 $n+1$ 种情况。而长度为 r 的监督码一共可以表示 2^r 种情况。因此

$$2^r \geqslant n+1$$

以一个例子来说明线性分组码。假设 $k=4$,需要纠正一位错误,则

$$2^r \geqslant n+1 = k+r+1 = 4+r+1$$

于是,得出 $r \geqslant 3$。取 $r=3$,则码长为 $3+4=7$。用 $a_6, a_5, \cdots, a_0$ 表示这 7 个码元,用 S_1, S_2, S_3 表示 3 个监督关系式中的校正子,做如表 1-1 所示规定(这个规定是任意的)。

表 1-1　监督码与错码位置关系表

S_1	S_2	S_3	错码的位置
0	0	1	a_0
0	1	0	a_1
1	0	0	a_2
0	1	1	a_3
1	0	1	a_4
1	1	0	a_5
1	1	1	a_6
0	0	0	无错

按照表 1-1 中的规定可知,仅当一个错码位置在 a_2,a_4,a_5 或 a_6 时,校正子 S_1 为 1,否则 S_1 为 0。这就意味着 a_2,a_4,a_5,a_6 四个码元构成偶校验关系,表示为

$$S_1 = a_6 \otimes a_5 \otimes a_4 \otimes a_2 \qquad (1\text{-}1)$$

同理,可以得到

$$S_2 = a_6 \otimes a_5 \otimes a_3 \otimes a_1 \qquad (1\text{-}2)$$

$$S_3 = a_6 \otimes a_4 \otimes a_3 \otimes a_0 \qquad (1\text{-}3)$$

信号传输时,信息位 a_3,a_4,a_5,a_6 的值取决于输入信号,是随机的。监督位为 a_2, a_1,a_0,其值应该根据信息位的取值按照监督关系决定,即监督位的取值应该使式(1-1)、式(1-2)、式(1-3)中的 S_1,S_2,S_3 为 0,这表示初始情况下没有错码。即

$$a_6 \otimes a_5 \otimes a_4 \otimes a_2 = 0 \qquad (1\text{-}4)$$

$$a_6 \otimes a_5 \otimes a_3 \otimes a_1 = 0 \qquad (1\text{-}5)$$

$$a_6 \otimes a_4 \otimes a_3 \otimes a_0 = 0 \qquad (1\text{-}6)$$

已知信息位后,由式(1-4)、式(1-5)、式(1-6)进行移项运算,可计算出 a_2,a_1,a_0 三个监督位的值,即

$$a_2 = a_6 \otimes a_5 \otimes a_4$$

$$a_1 = a_6 \otimes a_5 \otimes a_3$$

$$a_0 = a_6 \otimes a_4 \otimes a_3$$

接收端收到每个码组后,先按照式(1-1)～式(1-3)计算出 S_1,S_2,S_3,然后查表可知错码情况。例如,若接收到的码字为 0000011,按照式(1-1)～式(1-3)计算得到

$$S_1 = 0, \quad S_2 = 1, \quad S_3 = 1$$

查表可得在 a_3 位产生了错码。这种编码方法的最小汉明距离为 $d_{\min}=3$，所以这种编码可以纠正一个错码或者检测两个错码。关于汉明距离的定义与说明请见附录 A。

BCH 码是一类纠正多个随机错误的循环码，它的参数可以在大范围内变化，选用灵活，适用性强。最为常用的二元 BCH 码是本原 BCH 码，其参数及关系式如下。

分组码长为

$$n = 2^m - 1$$

信息码位数为

$$k \geqslant n - mt$$

最小汉明距离为

$$d_{\min} \geqslant 2t + 1$$

式中：m 为正整数，一般 $m \geqslant 3$；纠错位数 $t < (2^m - 1)/2$。

BCH 码可纠正 t 位错误。这里不讨论 BCH 码的结构原理，为了认识它的特点，表 1-2 给出了码长在 $2^5 - 1 = 31$ 的范围内的几种二元 BCH 码的参数。表中，n 表示码长，k 表示信息位长，t 表示码的纠错能力，生成多项式栏下的数字表示其二进制系数。例如，表右栏中第一行为 11101101001 时，其生成多项式为 $g(x) = x^{10} + x^9 + x^8 + x^6 + x^5 + x^3 + 1$，构成能纠正两个错误的 $(31,21)$ BCH 码。

表 1-2　部分二元 BCH 码的参数

n	k	t	生成多项式 $g(x)$ 的系数序列	n	k	t	生成多项式 $g(x)$ 的系数序列
7	4	1	1 011	31	21	2	11 101 101 001
15	11	1	10 011	31	16	3	1 000 111 110 101 111
15	7	2	111 010 001	31	11	5	101 100 010 011 011 010 101
15	5	3	10 100 111 111	31	6	7	001 011 011 110 101 000 100 111
31	26	1	100 101				

1.2.4　低密度校验码

低密度校验(LDPC)码是麻省理工学院 Robert Gallagher1953 年在他的博士论文中提出的一种好码，其性能接近 Shannon 限。在 20 世纪 60 年代有的公司曾试图实现 LDPC 译码器，但未成功。随后在很长一段时间内 LDPC 码都没有受到人们的重视。1993 年，法国人 Berrou 等提出了 Turbo 迭代译码，人们研究发现 Turbo 码其实就是一种 LDPC 码，从而重新引起了 LDPC 研究的热潮。1996 年 Mackay 的研究使得 LDPC 的研究进入了一个新的阶段。欧洲 DVB 组织更是把 BCH+LDPC 串行级联码选为第二代卫星数字电视广播的纠错编码方案。

　　LDPC 码将要发送的信息 $u=\{u_1,u_2,\cdots,u_m\}$ 通过生成矩阵 G 转换成被传输的码字 $v=\{v_1,v_2,\cdots,v_n\}=uG,n>m$。$n$ 表示分组码字的长度,其取值范围通常从数千到几十万。与生成矩阵 G 相对应的是一个校验矩阵 $H_{(n-k)\times n}$,H 满足 $vH^{\mathrm{T}}=0$。H 是一个几乎全部由 0 组成的稀疏矩阵,每行和每列中 1 的数目都很少,如 3、4 和 5 等。每个码字满足一定数目的线性约束,而约束的数目通常非常小,易于译码。关于校验矩阵的定义与说明请见附录 A。

　　Gallagher 定义的 (n,p,q)LDPC 码是码长为 n 的码字。在它的校验矩阵 H 中,每一行和列中 1 的数目是固定的,其中每一列 1 的个数是 p,行的个数是 $q,p\geqslant 3$,列之间 1 的重叠数目小于等于 1。如果校验矩阵 H 的每一行是线性独立的,那么码率为 $(q-p)/q$。

　　图 1-2 所示为由 Gallagher 构造的一个 $(20,3,4)$LDPC 码的校验矩阵,它的 $d_{\min}=6$,设计码率为 1/4,实际码率为 7/20。

	n_1	n_2	n_3	n_4	n_5	n_6	n_7	n_8	n_9	n_{10}	n_{11}	n_{12}	n_{13}	n_{14}	n_{15}	n_{16}	n_{17}	n_{18}	n_{19}	n_{20}
m_1	1	1	1	1	0	0	0	0	0	0	0	0	0	0	0	0	0	0	0	0
m_2	0	0	0	0	1	1	1	1	0	0	0	0	0	0	0	0	0	0	0	0
m_3	0	0	0	0	0	0	0	0	1	1	1	1	0	0	0	0	0	0	0	0
m_4	0	0	0	0	0	0	0	0	0	0	0	0	1	1	1	1	0	0	0	0
m_5	0	0	0	0	0	0	0	0	0	0	0	0	0	0	0	0	1	1	1	1
m_6	1	0	0	0	1	0	0	0	1	0	0	0	1	0	0	0	1	0	0	0
m_7	0	1	0	0	0	1	0	0	0	1	0	0	0	1	0	0	0	1	0	0
m_8	0	0	1	0	0	0	1	0	0	0	1	0	0	0	1	0	0	1	0	0
m_9	0	0	0	1	0	0	0	1	0	0	0	0	0	0	0	1	0	0	1	0
m_{10}	0	0	0	0	0	0	0	0	0	1	0	1	0	0	0	0	0	0	0	1
m_{11}	1	0	0	0	0	0	0	0	0	0	0	0	0	0	0	0	1	0	0	0
m_{12}	0	1	0	0	0	0	0	0	1	0	0	0	0	0	0	0	0	0	1	0
m_{13}	0	0	1	0	0	0	0	0	0	0	0	0	1	0	0	0	0	0	1	0
m_{14}	0	0	0	1	0	0	0	0	1	0	0	0	1	0	0	1	0	0	0	0
m_{15}	0	0	0	0	1	0	0	0	0	0	0	0	0	0	1	0	0	0	0	1

图 1-2　$(20,3,4)$LDPC 码的校验矩阵

　　这种校验矩阵每行和每列中 1 的数目(如 3)固定的 LDPC 码称为规则 LDPC 码(regular LDPC code)。由规则 LDPC 码的校验矩阵 H 得到如图 1-3 所示的双向图(bipartite graph)。在图的上方每一个节点代表的是信息位,下方代表的是校验约束节点。把某列 n_k 与该列中非零处的 m_l 相连。例如,对于 n_2 列,这列中三个 1 分别对应于 m_1、m_7 和 m_{12} 行,这样把 n_2 和 m_1、m_7 和 m_{12} 连接起来。同样,把某行 m_l 与该行中非零点处的 n_k 相连。在规则 LDPC 码中,与每个信息节点相连边的数目是相同的,

校验节点也具有相同的特点。与这两种节点相连的线的数目称为该节点的度。在译码端,把与某一个校验节点 m_l 相连的 n_k 求和,结果若为 0,则无错误发生。

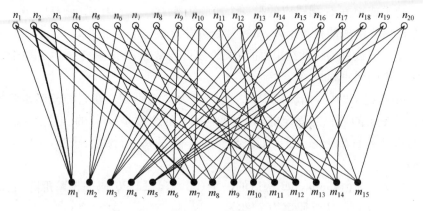

图 1-3　双向图

与规则 LDPC 码相对应的是非规则 LDPC 码(irregular LDPC code),其校验矩阵 $\boldsymbol{H}$ 中每行中 1 的个数不同,如 3、4 和 5;列中 1 的个数也不一样。其编码方法与规则 LDPC 码基本相同。非规则双向图中信息节点之间、校验节点之间的度可能不同。因此,对于非规则图构造的 LDPC 码,它的校验矩阵 $\boldsymbol{H}$ 的列重量不相同,是一个变化的值,这是非规则码与规则码之间的重要区别。

非规则码的性能要好于规则码,目前非规则码已经成为 LDPC 码的研究热点。

1.2.5　串行级联编码

由香农定理知道,用编码长度 n 足够长的随机编码就可以无限逼近信道容量,但是随着 n 的增加,译码器的复杂度和计算量呈指数增加,因而难以接受。1966 年,Forney 在其博士论文中提出了级联编码的思想:如果把编码器、信道和译码器整体看做一个广义的信道,那么这个信道也会有误码。因此,还可以对它作进一步的编码。他将两个码长较短的子码串联构成一个长码,用复杂度的有限增加换取纠错能力的极大提高。这种级联码结构最早于 20 世纪 80 年代被美国国家航空航天局(National Aeronautics and Space Administration,NASA)加入深空遥测信号的传输协议,目前在视频通信中被广为应用。

如图 1-4 所示,信息序列分别经过外码和内码两重编码,形成级联码序列输出。在接收端同样需要经过两重译码来恢复信息。如果外码为 (n_1,k_1) 码,最小距离为 d_1,内码为 (n_2,k_2) 码,最小距离为 d_2,那么可以认为级联码是一个 $(n_1 n_2,k_1 k_2)$ 码,最小距离为 $d_1 d_2$。当信道有少量随机错误时,通过内码就可以纠正;如果信道的突发错误超出内码的译码能力,则由外码来纠正。由此可见,级联码适用于组合信道。由于内码译码器的错误往往是连续出现的,所以一般在内外编码器之间需要一个交织器,接收端也相应地增加解交织器。

图 1-4 串行级联码的编译码结构

级联码的组合方式很多,例如,外码采用 RS 码,内码用二进制分组码或卷积码;或内外码都采用卷积码等。还可以把两级级联推广到多级以形成更多组合,但由于级联码的"门限效应",事实上多级级联很少采用(所谓信道编码的门限效应,是指在信噪比低于一定门限时,编码的性能反而低于不编码的性能)。级联码的门限效应非常明显,当信道质量好时,误码可以非常低,即渐进性能很好,这时两层编码已足够;而当信道质量不好时,新增加的一层编码反而可能越纠越错,造成差错扩展,这时多级还不如一级。另外需要指出的是,级联码的纠错能力主要来自码率的降低,从 E_b/N_0 的角度看好处并不太大。

近几年的研究发现,如果采用迭代译码算法,将会大大降低级联码的门限效应,最大程度上发挥它的纠错能力。如图 1-5 所示,外码译码器不是进行一次性判决,而是输出软判决信息,并将其反馈回内码译码器。内外译码器间交换判决信息并分别译码若干次后,再判决输出。译码器间传递的信息称为外信息,是除当前符号外的整个接收序列提供的关于当前符号的后验概率,它完全由译码过程本身获得。如果迭代信息中含有某些当前符号的本身信息,则有可能造成"正反馈",使算法不收敛或远离正确解。当然,迭代算法使译码复杂度和硬件开销大大增加。

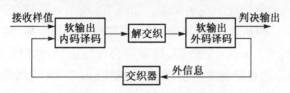

图 1-5 串行级联码的迭代译码

我国地面数字电视传输标准信道编码采用外码为 BCH 码、内码为 LDPC 码的级联编码。

1.2.6 交织

交织技术是一种时间/频率的扩展技术,它使信道错误的相关度减小。在交织度足够大时,就把突发错误离散成随机错误,为正确译码创造了更好的条件。

大多数编码都是基于信道差错满足统计独立的特性设计的,对随机错误检测和纠正比较有效,但实际信道往往是突发错误和随机错误并存的组合信道。例如,在实际应用中,由于持续时间较长的衰落谷点影响到几个连续的码字,造成比特差错成串发生。为了纠正这些成串发生的比特差错和一些突发错误,可以运用交织技术来分散这些误差。交织技术对已编码的信号按一定规则重新排列,突发性错误在时间上被分散,使其类似于独立发生的随机错误,从而前向纠错编码可以有效地进行纠错。纠错能力强的编码一般要求的交织深度相对较低,纠错能力弱的编码则要求较深的交织深度。

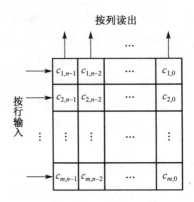

图 1-6 分组交织示意图

严格意义上说,交织不是编码,因为交织技术本身不产生冗余码元,但是如果把编码器和交织器看成一个整体,那么新构成的"交织码"就具有了更好的纠错性能。

1)分组交织

分组交织又称为矩阵交织或块交织。如图 1-6 所示,编码后的码字序列被按行填入一个大小为 $m \times n$ 的矩阵,矩阵填满以后,再按列发出。同样,接收端的解交织器将接收到的信号按列填入 $m \times n$ 的矩阵,填满后再按行读出,然后送往解码器进行正常解码。这样,信道中的连续突发错误被解交织器以 m 个 bit 为周期进行分隔再送往解码器。如果这 m 个错误比特处于信道编码的纠错能力范围内,则达到了消除错误突发的目的。

由于矩阵交织可能将某些周期性干扰变成突发错误,所以在有些通信系统中采用了矩阵交织的变体——随机交织。在随机交织中,编码序列填入矩阵的顺序由某种伪随机序列的值决定或直接由计算机搜索产生。这种交织技术对突发参数的易变性具有相当的适应性,但是其复杂度和设备费用也较高。

2)卷积交织

Ramsey 和 Forney 最早提出了卷积交织方案。与矩阵交织不同,卷积交织器不需要将编码序列分组,是一种连续工作的交织器,且比矩阵交织更为有效。

如图 1-7 所示,编码序列在切换开关的作用下依次进入 B 个支路,周而复始。每个支路的延迟缓存器数依次以 M 倍数增加。输出端采用同步的切换开关从 B 个支路轮流取出符号。变量 B 称为交织宽度(支路),代表交织后相邻的符号在交织前的最小距离。变量 MB 表示交织深度(延迟缓存器),是交织前相邻的符号在交织后的最小距离。将图中上下倒置,就可以得到接收端卷积解交织器。

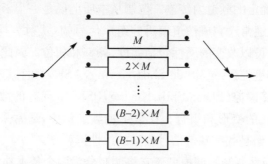

图 1-7　卷积交织示意图

交织/解交织的最大时延为 $M\times(B-1)\times B$。

1.3　数字调制

数字调制就是将数字符号转换成适合信道传输特性的波形的过程。基带调制中这些波形通常具有整形脉冲的形式,而在带通调制中,则利用整形脉冲去调制正弦信号,此正弦信号称为载波。将调制后的载波转换成电磁场,传播到一定的区域就实现了无线传输。

为什么需要载波实现基带信号的无线传输呢? 有以下几个原因。

(1)天线尺寸。电磁场必须利用天线才能发射到空中进行空间传播,接收端也必须有天线才能有效接收空间传播的信号。从电磁场和天线理论知道,天线的尺寸主要取决于波长 λ 和应用场合。例如,对于蜂窝电话来讲,天线长度一般为 $\lambda/4$。假设发送一个基带信号的频率 f 为 3000Hz,如果不经过载波调制而直接耦合到天线发送,那么其天线尺寸约为 24km。但如果把此基带信号先调制到较高的载波频率上,如 900MHz,那么等效的天线尺寸约为 8cm。因此,利用载波进行调制是很有必要的。

(2)频分复用。如果一条信道要传输多路信号,则需要利用调制来区别不同的信号。

(3)扩频调制。利用调制将干扰的影响减至最小,提高抗干扰的能力,即扩频。

(4)频谱搬移。利用调制将信号放置于需要的频道上。例如,在接收机中,将 RF 信号转换到中频(Indermediate Frequency,IF)信号上。

1.3.1 数字调制方式

在数字视频传输系统中,因为地面无线信道是带通型信道,所以基带数字信号需要通过调制以便在确定的频道内传输。调制从本质上说是一个函数变换过程,它将待传输的二进制序列(通常已完成信道编码并组成信号帧)映射为具有某种属性的载波波形。对载波来说,可以改变的属性包括幅度、频率和相位。因此,基本的数字调制方式包括 3 种,即幅移键控(Amplitude Shift Keying,ASK)、频移键控(Frequency Shift Keying,FSK)和相移键控(Phase Shift Keying,PSK)。现有的数字调制形式都可以看做这 3 种基本形式的变形和组合。在数字视频通信中,通常采用线性调制解调技术,即调制信号的频谱是数字基带信号频谱的线性搬移。

图 1-8 所示为线性调制解调模型。它将调制分为两个基本功能模块:基带处理和频谱搬移。由于数字视频传输系统是带宽有限系统,所以通常采用 M 进制调制。此时基带处理模块从二进制序列 $\{a_n\}$ 中一次提取 $k = \log_2 M$ 个 bit 形成组,对每个组进行基带成形滤波,再从 $M = 2^k$ 个与信道特性相匹配的模拟载波波形 $\{s_i(t), i = 1, 2, \cdots, M\}$ 中按确定的映射关系,选择其中之一完成频谱上搬移,使传输信号的带宽限制在以载波频率 f_c 为中心的一个频率带宽上。经过信道传输后,接收端的解调器完成调制器的逆过程,即首先对接收信号进行滤波和下变频,将其恢复为基带信号,再在基带完成匹配滤波、判决等功能。

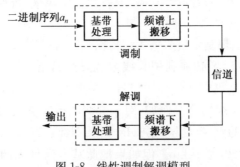

图 1-8 线性调制解调模型

　　调制数字信息到载波上的方案通常分为 3 种类型，即 ASK、FSK、PSK。键控这个术语来自于电报系统，在电报系统中，通过键控可以传输标记和空格，或改变传输的参数。例如，在频移键控中，未被调制的载波相当于电报系统中的标记，而调制后载波的频率偏移则相当于空格。在相移键控中，载波信号的相位偏移为＋90°时为标记，相位偏移为－90°时为空格。对于四相相移键控（Quadrature Phase Shift Keying，QPSK），可能的相位偏移有 4 种，＋135°、－135°、＋45°和－45°，这样使得每个相位状态（或符号）可以携带 2bit 的信息量。现在大多数通信系统采用 ASK 和 PSK 的混合体，载波信号的 I 路和 Q 路都携带数据信息。由于允许载波信号的幅度有多种取值，相位有 4 种取值，所以这种调制方式被称为多进制数字调制。

　　常用的多进制调制方式包括正交幅度调制（Quadrature Amplitude Modulation，QAM）和残留边带调制（Vestigial Sideband Modulation，VSB）。在数字通信系统中，包括卫星广播、有线网络、多路多点分配业务（Multichannel Multipoint Distribution Servires，MMDS）系统、地面系统，所有的调制方式都有应用的地方。每种调制方式都有自己的特点，对于某个特定的通信系统，会有某种适合它的调制方式，这需要在误码性能和数据传输能力之间进行折中。

　　目前调相是 3 种数字调制里应用最广泛的，其中 QPSK 调制被应用在卫星传输系统中。这是因为 QPSK 调制方式在低载噪比（C/N）下的性能比较好，而且对非线性不敏感。在像太阳能卫星发射机这样的功率受限传输系统中，QPSK 是所有可用的调制方式中性能最好的。

　　64-QAM 的数据传输能力比 QPSK 高。在功率不受限的应用中，如有线通信和一些 MMDS 系统中采用 64-QAM 调制。相比 QPSK，它的无误接收所需的载噪比要高些。

　　8-VSB 在多径传输媒介中具有高数据传输能力，因此被用在一些地面传输网络中，如美国的 ATSC 标准。

　　正交频分复用（Orthogonal Frequency Division Multiplexing，OFDM）调制系统是一种新型高效的调制技术，它用数以千计的彼此分离的载波来传送数据信号，通过时间上的分路将数据信号分接到单个的载波上去。然后对分路后的每一路数据采用 QPSK 和 QAM 调制方式，这样分路后的数据信号就被调制到这些间隔很近的载波上。通过选择合适的载波形式可以得到一组间隔很近又不需要保护带的载波信号，即射频段上间隔很近的一组载波信号，可以不加保护带，而能在接收时从这组载波信号中分离出每一个载波信号来。

1.3.2　QPSK 调制

在 QPSK 调制中,载波相位值决定于传输数据的取值。有 4 种取值,每种取值相差 90°,这意味着每个符号可以携带 2bit 的信息。

在 QPSK 调制器中,输入的串行数据流首先被转换成并行的比特流,如图 1-9 所示。这使得原始串行数据流被分接成两路数据流(I 路和 Q 路),输入数据交替地被分配到 I 路和 Q 路。然后这两路数据流通过滤波器进行滤波,来限制信号的带宽,再通过本振(LO)用双边带抑制载波调制将这两路数据调制到载波上去。两路数据流使用的本振是相同的,唯一的区别是其中一路的本振相对于另一路的本振有 90° 的相移,这就是术语上 I 路和 Q 路的得名原因。90° 的相移保证了调制后的两路信号彼此正交,并且使用同样的带宽,在接收机中可以很容易被分开。

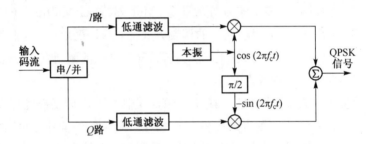

图 1-9　QPSK 调制器

QPSK 的主要不足之处是要从调制信号中将数据信息正确地解调出来,必须得确定载波相位的绝对值。因此,必须使用训练序列或使用差分编码。

利用星座图可以有效地观察 QPSK 的时域形式。用示波器的星座图 XY 功能,画信号的 I 路和 Q 路可以很容易地得到信号的星座图,也可以使用专用的频谱仪来观看。在 QPSK/QAM 信号的星座图中,携带数据的符号用点来表示,它显示了传输数据的峰值幅度和相位。如图 1-10 所示,QPSK 调制的符号有 4 种可能的相位/幅度值,因此每个符号可携带 2bit 的信息。

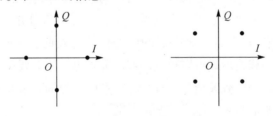

图 1-10　QPSK 星座图

1.3.3　QAM 系统

正如前面提到的,星座图不仅可以很容易图形化表示 QPSK 和 QAM 系统,还可以直观地识别和区分不同的 QAM 系统。不同调制方式下每个符号所能携带的信息量 m 满足

$$2^m = q$$

式中:q 为 QAM 调制的进制数。例如,64-QAM 中 q 为 64,QPSK 中 q 为 4。

表 1-3 给出了不同 QAM 调制方式下单符号携带信息的能力。可以看出,高进制的调制方式(如 64-QAM 调制)下,单符号携带的信息量最大。然而高进制的调制方式对噪声的影响更敏感。

表 1-3　不同调制方式的频谱利用率

调制方式	bit/s/Hz
QPSK	2
16-QAM	4
32-QAM	5
64-QAM	6
128-QAM	7
256-QAM	8
1024-QAM	10
8-VSB	6
16-VSB	8

1. 16-QAM 调制

在 16-QAM 调制方式下,通过调制载波的相位和幅度,在星座图中可以得到比 QPSK 调制更多的星座点。16-QAM 调制的信号有 16 种不同的相位和幅度的组合。调制信号的产生方式与 QPSK 调制类似,都是采用正交的调制器。在调制过程中,根据数据流信号的比特次序,每路被分接的数据流可以被赋予 4 个不同的幅度值。和 QPSK 调制一样,16-QAM 的 I 路和 Q 路信号也采用双边带抑制载波调制。

16-QAM 调制系统的星座图有 16 个星座点,每一个符号都被映射到星座图中的某个星座点,其携带的信息量为 4bit。图 1-11 所示为 16-QAM 调制的星座图,其中标明了每个星座点所代表的数据比特。

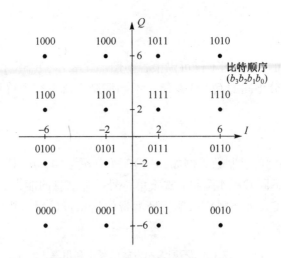

图 1-11　16-QAM 调制的星座图

2. 32-QAM 调制

在 2^m-QAM 调制系统中,32-QAM 的星座图与众不同。在前面介绍的 16-QAM 系统中,对于每路载波(I 路和 Q 路)都有两种不同的幅度和相位值,因此每个符号有 16 种不同的取值($2^4 = 16$)。进一步扩展,当幅度可以取 3 种不同的值时,对于每一个载波就有 6 种不同的取值,这样星座图中就有 36 个星座点。然而在 32-QAM 系统中,5bit 的组合正好对应于 32 个符号,因此只需其中的 32 个星座点。

图 1-12 所示为 32-QAM 调制的星座图。由于不能将整数长的信息比特映射为 36,所以 36-QAM 调制并没有被采用。符号取星座图中最边角的 4 个点时具有最大的幅度值,即发射机产生该符号时所需的能量最大,因此调制中不使用星座图中最边角的 4 个点。这样,发射机发送的每个符号可携带 5bit 的信息,同时也能减少功率消耗。

3. 64-QAM 调制

64-QAM 调制由于携带信息的能力很强,所以在有线通信和多种地面数字电视广播系统中是最常用的调制方式。它同前面介绍的调制方式类似,通过正交幅度调制技术将数据信息加载到相位正交的载波上去。每个符号携带 6bit 的信息,其星座图如图 1-13 所示。

1.3.4　QAM 调制器的实现

QAM 调制器的硬件框图如图 1-14 所示。与 QPSK 调制器相似,不同的是在 QAM 调制器中,通过电平转换器将一组比特流转换为特定的电平。这是因为高进制的 QAM

系统允许每个象限的幅度可以根据每次进入 I 路、Q 路比特的模式而有多个取值,这些比特被转换为特定的幅度值。

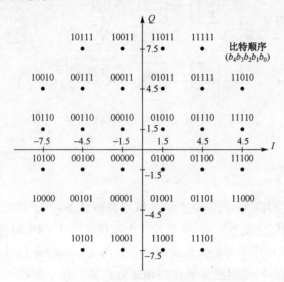

图 1-12   32-QAM 调制的星座图

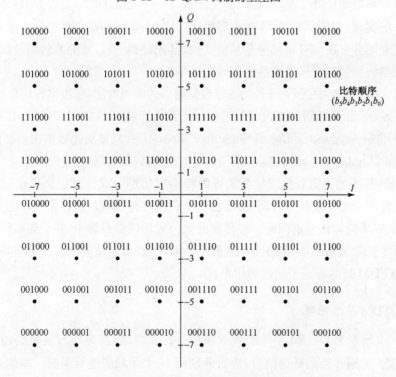

图 1-13   64-QAM 调制的星座图

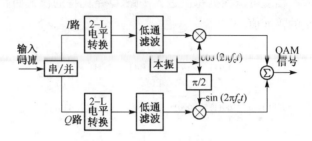

图 1-14　QAM 调制器结构框图

1.3.5　正交频分复用

正交频分复用(OFDM)调制是一种多载波调制技术,其子载波之间保持正交性,有重叠。OFDM 的概念诞生于 20 世纪五六十年代。由于 OFDM 系统中的载波数量常常很多,在实际应用中不可能像传统的频分复用(Frequency-Division Multiplexing,FDM)调制系统中那样,使用振荡器和锁相环阵列进行相干解调。直到 Weinstein 提出了一种用离散傅里叶变换(Discrete Fourier Transform,DFT)实现 OFDM 的方法,简化了系统实现,才使得 OFDM 技术实用化。Weinstein 的核心思想是将通常在通带实现的正交频分复用信号转化为在基带实现,其先得到 OFDM 的等效基带信号,再乘以一个载波将等效基带信号搬移到所需的频带上。

在过去的几十年中,OFDM 作为高速数据通信的调制方法,在数字音频广播(Digital Audio Broadcasting,DAB)、地面数字视频广播、无线局域网(802.11 和 802.16)、非对称数字用户环路(Asymmetric Digital Subscriber Line,ADSL)、甚高速数字用户环路(Very-high-bit-rate Digital Subscriber Loop,VDSL)等方面得到了实际应用。

OFDM 技术的主要思想就是在频域内将给定信道分成许多正交子信道,在每个子信道上使用一个子载波进行调制,而且各子载波并行传输。这样就可以把宽带变成窄带,解决频率选择性衰落问题。在传统的频分复用传输系统中,各个频带没有重叠,频谱利用率低。但 OFDM 的各个子载波是相互正交的,子载波间有部分重叠,所以它比传统的 FDM 技术提高了频带利用率。

1. OFDM 基本原理

图 1-15 所示为 OFDM 系统的基本原理。在发射端,高速串行基带码流经过串/并变换成为 N 路并行的低速信号,然后分别用 N 个子载波进行调制。基带码流可以是实数或复数。也就是说,每一路子载波可以采用脉幅调制(Pulse Amplitude Modu-

lation,PAM)、QPSK、多进制正交幅度调制(Multiple Quadrature Amplitude Modula-
tion,MQAM)等数字调制方式,不同的子载波采用的调制方式也可以不同。

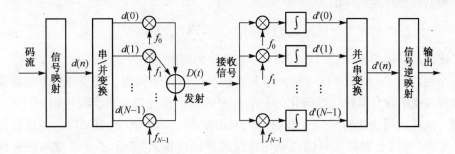

图 1-15　OFDM 系统的基本原理

假设每一路并行信号的符号周期为 T_s,那么令子载波间隔 $\Delta f = 1/T_s$。不失一般
性,可以把子载波表示为复数形式,即

$$\Psi_k(t) = e^{j2\pi f_k t}, \qquad k = 0, 1, \cdots, N-1$$

式中:$f_k = f_0 + k\Delta f = f_0 + k/T_s$。发射机的输出信号为

$$D(t) = \mathrm{Re}\Big[\sum_{k=0}^{N-1} d(k)\Psi_k(t)\Big] = \mathrm{Re}\Big[\sum_{k=0}^{N-1} d(k)e^{j2\pi(f_0 + k/T_s)t}\Big]$$

容易证明,子载波在符号周期 T_s 内互相正交,即

$$\int_{\tau}^{\tau+T_s} \Psi_k(t)\Psi_l^*(t)\mathrm{d}t = \begin{cases} 0, & k \neq l \\ T_s, & k = l \end{cases}$$

式中:τ 为任意常数。利用这个正交性,在理想信道和理想同步下,在接收端很容易推出

$$d'(k) = \frac{1}{T_s}\int_0^{T_s} \Big(\sum_{k=0}^{N-1} \mathrm{d}(k)\Psi_k(t)\Big)\Psi_l^*(t)dt = d(k)$$

可见,接收端利用子载波之间的正交性可以正确地恢复出每个子载波的发送信
号,不会受到其他载波发送信号的影响。

2. OFDM 调制的 DFT 实现

在 OFDM 系统中,对每一路子载波都要配备一套完整的调制解调器。在子载波
数量 N 较大时,系统的复杂度将使其无法被接受。1971 年,Weinstein 等将 DFT 应
用于 OFDM,圆满地解决了这个问题。

如果把 f_0 看做调制信号的唯一载波,那么发射机的输出信号 $D(t)$ 的复包络可以
表示为

$$D_l(t) = \sum_{k=0}^{N-1} d(k) \mathrm{e}^{\mathrm{j}2\pi\frac{k}{T_\mathrm{s}}t}$$

其奈奎斯特抽样点的样值为

$$D(n) = D_l(t) \mid_{t=nT_\mathrm{s}} = \sum d(k) \mathrm{e}^{\mathrm{j}2\pi k n}$$

上式恰恰是发射码流$\{d(k),k=0,1,\cdots,N-1\}$的离散傅里叶逆变换。

　　因此,OFDM 系统可以用图 1-16 所示的等效形式来实现。其核心思想是将通常在载频实现的频分复用过程转化为一个基带的数字预处理。在实际应用中,DFT 的实现一般可运用快速傅里叶变换(Fast Fourier Transformation,FFT)。经过这种转化,OFDM 系统在射频部分仍可采用传统的单载波模式,避免了子载波间的交调干扰、多路载波同步等复杂问题。在保持多载波优点的同时,使系统结构大大简化。同时,在接收端便于利用数字信号处理算法完成数据恢复,这是当前数字通信接收机发展的必然趋势。

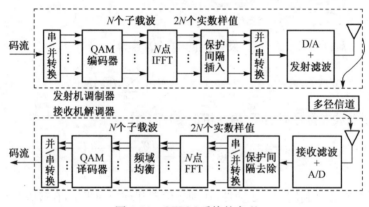

图 1-16　OFDM 系统的实现

3. OFDM 调制的特点

OFDM 调制具有如下优点:

(1)抗多径干扰;

(2)支持移动接收;

(3)构建单频网(Single Frequency Network,SFN),易于频率规划;

(4)陡峭(高效)的频谱,好的频谱掩模;

(5)便于信道估计,易于实现频域均衡;

(6)灵活的频谱应用;

(7)有效的实现技术,利用 FFT 算法用单载波调制实现 OFDM;

（8）易于实现天线分集和多进多出(Multiple-Input Multiple-Output,MIMO)系统；

（9）OFDM 实验室和场地测试表现良好；

（10）OFDM 在众多新制定的国际标准中得到采用，是未来宽带无线通信的主流技术。

同时，OFDM 调制也存在以下不足。

（1）对频率偏移和相位噪声敏感。

这是一个接收机的实现问题，对于 OFDM 调制技术，需要更好的调谐器，以及更好的定时和频率恢复算法。相位噪声的影响把模型化为两部分：一是公共的旋转部分，它引起所有 OFDM 载波的相位旋转，容易通过参考信号来跟踪；二是分散的部分，或者载波间干扰部分，它导致类似噪声的载波星座点的散焦，补偿困难，将稍微降低 OFDM 系统的噪声门限。

（2）高的峰值平均功率比。

峰值平均功率比(Peak to Average Power Ratio,PAPR)是当指发射机输出信号为非恒包络信号时，其峰值功率和平均值功率的比值。对单载波调制系统来说，PAPR 值主要由频谱成型滤波器的滚降系数决定。而对于多载波的 OFDM 调制系统来说，因为 OFDM 信号是由一系列相互独立的调制载波合成，所以根据中心极限定理，OFDM 的时域信号在 N 比较大时，其分布渐近于高斯分布。一般而言，当 $N>20$ 时，其分布就很接近于高斯分布了，而一般的 OFDM 系统中，N 都可达几百以上。所以，从理论上讲，OFDM 信号的 PAPR 分布与高斯分布是极为相似的。

决定 OFDM 信号的 PAPR 因素有两个：一是调制星座的大小；另一个是并行载波数 N。调制星座越大，PAPR 就可能越大；多个子载波叠加的结果有时会出现较大的峰值。

较高的 PAPR 值意味着发射机不仅要有更好的线性范围，或采用更大功率的发射机以适应输出功率回退，避免进入发射机的非线性区；而且需要更好的滤波，以减少邻频道干扰。PAPR 的缺点为只影响数量少的发送端，不影响数量巨大的接收用户。

（3）插入保护间隔降低了约 10% 的传输有效码率。

在 OFDM 系统中，OFDM 信号结构是块结构，每个信号块称为 OFDM 符号，它在时域中由两部分组成，一个是数据部分，另一个是保护间隔。OFDM 信号块的数据部分是在频率域定义的。OFDM 信号块的保护间隔是为了抗多径干扰必须有的，其保护间隔长度一般大于传输多径信号的传播延时。

4. TDS-OFDM 调制

我国地面数字电视传输标准采用了自主原创的时域同步正交频分复用(Time

Domain Synchronous OFDM, TDS-OFDM)调制技术。图 1-17 所示为 TDS-OFDM
与 C-OFDM 的结构比较。

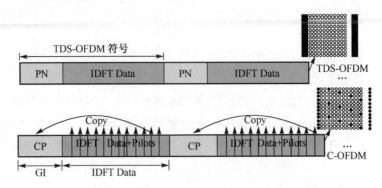

图 1-17　TDS-OFDM 与 C-OFDM 比较

　　在 OFDM 系统中,同步设置是最重要的环节之一,也是 OFDM 系统最重要的创
新点。在欧洲编码的正交频分复用(Coded Orthogonal Frequency Division Multiple-
xing,C-OFDM)、日本的频带分段传输正交频分复用(Bandwidth Segmented
Transmission OFDM,BST-OFDM)和现在大多数 OFDM 系统中,系统同步是通过在
频域 OFDM 符号中插入导频而实现的,即采用频域同步技术,适用于频域处理技术。

　　TDS-OFDM 以伪随机噪声序列(Pseudo-Noise sequence,PN 序列)填充传统
OFDM 的保护间隔。PN 序列具有类似随机噪声的一些统计特性,但与真正的随机信
号不同,它可以重复产生和处理。PN 序列除了作为 OFDM 块的保护间隔外,在接收
端还可以被用做信号帧的帧同步、载波恢复与自动频率跟踪、符号时钟恢复、信道估计
等用途。由于 PN 序列帧头与数据帧体正交时分复用,且 PN 序列对于接收端来说是
已知序列,所以 PN 序列和帧头与数据帧体在接收端是可以被分开的。接收端的信号
帧去掉 PN 序列后可以看做具有零填充保护间隔的 OFDM。因此,PN 序列作为同步
序列,既可用于实现同步,也可用于信道估计。在接收端用该 PN 序列通过相关计算
获得对于无线信道的时域冲击响应的估计。

　　TDS-OFDM 采用时域和频域混合处理技术,巧妙利用 OFDM 保护间隔的填充技
术,无须插入过多的导频信号,有效地提高了系统的频谱利用率,同时也提高了传输系
统的抗噪声干扰性能,更好地支持移动状态下接收。

1.4　无线传输衰落模型

　　不同频段的无线电波,其传播方式和特点各不相同。对工作在 VHF 和 UHF 频
段的数字视频广播固定通信来说,电波传播的方式主要是空间波,即直射波、折射波、

散射波以及它们的合成波。对于移动通信,它处于城市建筑群之中或地形复杂的区域,其天线将接收从多条路径传来的信号,再加上本身的运动,这些因素使得无线信道多变并且难以预测,如图 1-18 所示。

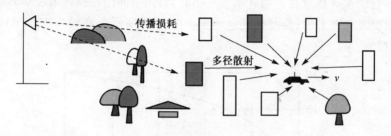

图 1-18　无线移动信道环境

无线信道对接收信号的影响,可以按大尺度效应和小尺度效应从统计特性上分别加以讨论。接收机在空间中某个位置时接收到的信号功率的本地平均值将受到信道大尺度效应的影响,这些影响包括视距路径损耗/绕射、阴影和雨、植被造成的衰落等效应。大尺度效应主要是用于预测无线覆盖范围。而小尺度效应主要描述由于无线信号的多径传播,当接收机或发射机稍有移动(几个波长范围内),接收机接收到的信号幅度出现剧烈起伏的现象。

1.4.1　自由空间传播衰落

在无线通信电波传播研究中,最简单的是自由空间传播。当讨论到其他传播方式时,通常以它作为参考。信号在自由空间传播所遭受的衰减对所有用户来说都是一个很重要的参数。在计算衰减时,大气传播近似为自由空间传播,因此在许多场合,需要用到自由空间传播的计算公式。由于自由空间带来的损耗(Free Space Loss ,FSL)通常被简称为路径损耗(path loss)。

自由空间是指各向同性、无吸收、电导率为零的均匀介质所存在的空间,该介质具有各向同性、电导率为零等特点。自由空间传播与真空中传播一样,只有扩散损耗的直线传播。因此,自由空间是某些实际空间的一种科学的抽象。当电磁波在自由空间传播时,其路径可认为是连接发射机与接收机的一条射线,可用 Ferris 公式计算自由空间的电波传播损耗

$$\text{FSL} = 10 \lg \left(\frac{4\pi d}{\lambda} \right)^2 \quad (\text{dB})$$

式中:d 为路径长度(m),λ 为信号波长(m)。

注意,自由空间损耗很大程度上依赖于发射机和接收机间的路径长度。

如果 f 以 MHz 为单位，d 以 km 为单位，则可以得到下面更为常用的形式

$$FSL = 32.5 + 20\lg d + 20\lg f \quad (dB)$$

式中：FSL 与距离 d 成反比。当 d 增加一倍时，自由空间路径损耗增加 6dB。同样，当减小波长（提高频率 f）时，路径损耗也增大。图 1-19 所示为载频为 1500MHz 的自由空间路径损耗。

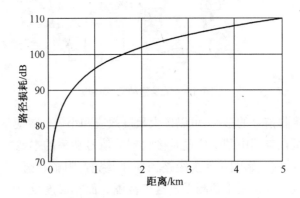

图 1-19　载频为 1500MHz 的自由空间路径损耗

在微波系统和一些微波链路的预计算中，下式常被用到。当工作频率已知时，可以写成

$$FSL = L_0 + 10m\lg d \quad (dB)$$

式中：m 称为路径损耗斜率。在实际系统中，根据测量结果显示，m 的取值范围一般为 3～5。m 很大程度上取决于发射天线和接收天线之间是否有清晰的视距路线。根据理论和测试结果，无论室内还是室外信道，平均接收信号功率随距离的对数衰减，其路径损耗指数如表 1-4 所示。

表 1-4　不同环境下路径损耗指数

环　境	路径损耗指数 n
自由空间	2
市区蜂窝	2.6～3.5
市区蜂窝阴影	3～5
建筑物内视距传播	1.6～1.8
被建筑物阻挡	4～6
被工厂阻挡	2～3

1.4.2　高斯信道

高斯信道是最简单的信道,常指加权高斯白噪声(Additive White Gaussion Noise,AWGN)信道。高斯白噪声幅度分布服从高斯分布,其功率谱密度(Power Spectral Density,PSD)在整个信道带宽下为常数。热噪声和散粒噪声是高斯白噪声。

高斯分布也称为正态分布,是具有两个参数 μ 和 σ^2 的连续型随机变量的分布。第一个参数 μ 是遵从正态分布的随机变量的均值,第二个参数 σ^2 是此随机变量的方差,正态分布记为 $N(\mu, \sigma^2)$。这种分布的概率密度函数为

$$f(x) = \frac{1}{\sqrt{2\pi}\sigma} \exp\left(-\frac{(x-\mu)^2}{2\sigma^2}\right)$$

如图 1-20 所示,高斯分布以均值为对称中线,峰值处于均值处,最小值在 $\pm\infty$ 处,形状如同"钟形"。

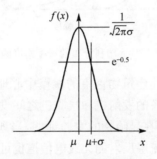

图 1-20　高斯分布图

均值 μ 决定正态曲线的中心位置;均方差 σ 描述数据分布的离散程度,决定正态曲线的陡峭或扁平程度。σ 越小,曲线越陡峭;σ 越大,曲线越扁平。当 $\mu=0, \sigma=1$ 时,称为标准正态分布,记为 $N(0,1)$。

高斯信道对于评价系统性能具有重要意义,对实验中定量或定性地评价某种调制方案、误码率性能等有重要作用。

1.4.3　瑞利信道

在无线通信信道中,由于信号的反射、折射等问题,到达接收点处的场强往往来自多条不同传播路径,使到达的信号之间相互叠加,其合成信号幅度表现为快速的起伏变化,形成信号快衰落,叠加于如阴影、衰减等大尺度衰落效应上。

快衰落引起的信号包络起伏变化近似于瑞利(Rayleigh)分布,其表达式为

$$P(r) = \frac{r}{\sigma^2} \exp\left(-\frac{r^2}{2\sigma^2}\right), \quad r \geqslant 0$$

式中：随机变量 r 表示快衰落在某点处归一化接收电压的取样值；σ 是接收到的电压信号的均方根；σ^2 是接收信号的时间平均功率；当 $r = \sigma$ 时，$P(r)$ 最大。

　　瑞利分布的幅度包络的概率密度函数曲线如图 1-21 所示。

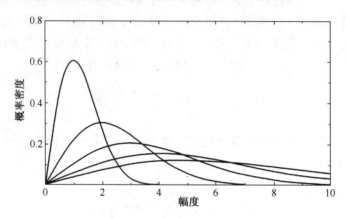

图 1-21　瑞利分布的概率密度函数

　　瑞利衰落模型适用于描述建筑物密集的城镇中心地带的无线信道。密集的建筑和其他物体不仅使得无线设备的发射机和接收机之间没有直射路径，而且使得无线信号被衰减、反射、折射、衍射。在曼哈顿的实验证明，当地的无线信道环境确实接近于瑞利衰落。通过电离层和对流层反射的无线电信道也可以用瑞利衰落来描述，因为大气中存在的各种粒子能够将无线信号大量散射。

1.4.4　莱斯信道

　　当存在一个主要路径信号分量时，如使用视距传播，衰落信号的包络服从莱斯（Rice）分布。在这种情况下，从不同角度到达的多径信号叠加在主径信号上。当主信号减弱时，信号的包络转变成瑞利分布。莱斯分布的概率密度函数为

$$P(\nu) = \begin{cases} \dfrac{\nu}{\sigma^2} \exp\left(\dfrac{-(\nu^2 + A^2)}{2\sigma^2}\right) I_0\left(\dfrac{A\nu}{\sigma^2}\right), & A \geqslant 0, \nu \geqslant 0 \\ 0, & \nu < 0 \end{cases}$$

式中：参数 A 为主信号幅度的峰值，I_0 是第一类修正贝塞尔函数。贝塞尔分布常用参数 K 来表示，K 表示为主信号功率和多径分量方差的比，即

$$K = \frac{A^2}{2\sigma^2}$$

式中:参数 K 为莱斯因子,它完全确定了莱斯分布,如图 1-22 所示。当 K 趋于 0 时,即主信号幅度逐步减小为 0,此时不再有主信号了,莱斯分布变成了瑞利分布。

在移动无线信道中,瑞利分布是常见的用于描述平衰落信号包络的一种衰落类型;莱斯分布是由于在瑞利衰落分布的基础上,存在一条直射路径的影响而造成的。

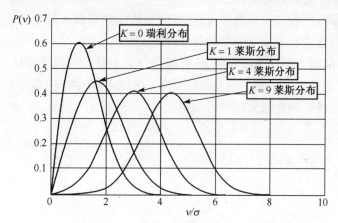

图 1-22　莱斯分布的概率密度函数

1.4.5　多普勒频移

当发射源与接收体之间存在相对运动时,接收体接收到信息的频率与发射源发射信息的频率不相同,这种现象称为多普勒(Doppler)效应,接收频率与发射频率之差称为多普勒频移。

移动通信中接收机或发射机的相对运动会产生多普勒频移。例如,当接收机以速度 v 移动,并且其运动方向和入射波的夹角为 θ,如图 1-23 所示,此时的多普勒频移为

$$F_{d} = v\cos\theta/\lambda$$

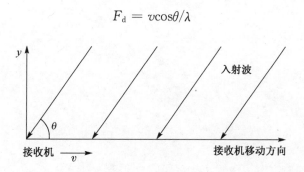

图 1-23　多普勒频移示意图

式中：λ 为载波的波长。当 $|\cos\theta|=1$ 时，得到最大多普勒频移值为

$$F_d = \frac{v}{\lambda} = vf/c$$

式中：c 为光速，f 为载波频率。

由上式可知，多普勒频移与移动速度、信号载波频率和入射角有关。多普勒频移的最大值 F_d 和接收机的运动速度和载波频率成正比。

尽管实际应用中移动速度有限，不可能会带来十分大的频率偏移，但是这不可否认地会给移动通信带来影响。移动通信要充分考虑多普勒效应，需要在技术上加以各种考虑，避免这种影响造成通信中的问题。

第2章 发射系统测量

地面数字电视广播发射系统是地面数字电视广播系统的重要组成部分,其技术指标的好坏直接影响地面数字电视广播网络覆盖效果,一些指标关系到单频网组网的成败。地面数字电视广播发射系统包括:激励器、发射机、馈线、天线和一些辅助设备。本章介绍激励器、发射机和天馈线系统的主要技术指标与测量方法。

2.1 激励器测量

2008年2月28日,国家广播电影电视总局发布了广播电影电视行业标准《地面数字电视广播激励器技术要求和测量方法》(GY/T 229.2—2008),该标准规定了符合GB 20600—2006 的 VHF、UHF 频段地面数字电视广播激励器的技术要求与测量方法。本节根据 GY/T 229.2—2008 规范要求编写。

2.1.1 激励器简介

地面数字电视激励器又称为地面数字电视调制器,是地面数字电视发射系统的核心和重要组成部分,是前端码流处理与发射机放大输出之间的重要连接,也是不同电视标准和传播模式区别的主要体现。地面数字电视激励器的技术指标,将直接影响地面数字电视发射机的性能和地面数字电视网络的覆盖效果。

地面数字电视激励器的主要功能是将在前端完成信源编码、复用、加扰后打包处理的传输流(Transport Stream,TS)作为输入数据,在激励器端完成信道编码、调制、变频处理后,以模拟信号在特定的射频频率输出。为了方便现场调试以及与发射机配合,输出的模拟射频信号有时还会经过小功率放大模块放大后再推送,因此激励器除了完成编码和调制功能外,还具有一定功率输出的"激励"作用,又被称为激励器。相对应地,没有预放功能或者输出功率较小的则被称为调制器。

国标地面数字电视广播激励器包括符合 GB 20600—2006 规定的基带处理及D/A、频率合成及上变频、射频输出放大和监控系统等功能模块,完成从基带 TS 输入数据码流到符合 GB 20600—2006 规定的 UHF 或 VHF 频段地面数字电视广播 RF信号的转换。地面数字电视广播激励器框图如图 2-1 所示。

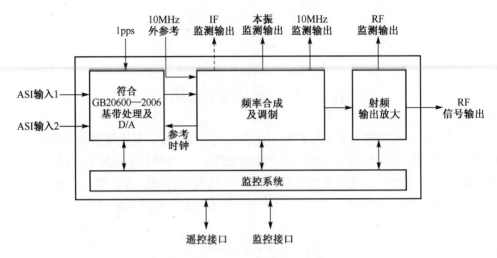

图 2-1　地面数字电视广播激励器框图

2.1.2　激励器技术指标

地面数字电视广播激励器技术指标要求见表 2-1。

表 2-1　地面数字电视广播激励器技术指标要求

序号	项 目		指 标
1	工作频率		符合 GB/T 14433—1993 有关规定
2	单频网模式频率调节步长		1Hz
3	频率准确度		对于 MFN 模式,频率准确度:±100Hz; 对于 SFN 模式,频率准确度:±1Hz
4	频率稳定度(3 个月)		采用内部参考源时,频率稳定度≤1×10^{-7}; 采用外接参考源时,频率稳定度≤1×10^{-10}
5	输出功率		≥0dBm
6	输出功率稳定度(24h)		在±0.3dB 以内
7	射频有效带宽		7.56MHz
8	滚降系数		0.05
9	信号带肩(f_c±4.2MHz)		≤−48dBc
10	带内不平坦度(f_c±3.591MHz)		在±0.5dB 以内
11	带外杂散	邻频道带内无用发射功率	低于带内信号功率 50dB
		邻频道带外无用发射功率	低于带内信号功率 55dB

序号	项　目	指　标
12	相位噪声	$\leqslant-60\text{dBc/Hz}\ @10\text{Hz}$; $\leqslant-75\text{dBc/Hz}\ @100\text{Hz}$; $\leqslant-85\text{dBc/Hz}\ @1\text{kHz}$; $\leqslant-95\text{dBc/Hz}\ @10\text{kHz}$; $\leqslant-110\text{dBc/Hz}\ @100\text{kHz}$; $\leqslant-120\text{dBc/Hz}\ @1\text{MHz}$
13	峰值平均功率比(PAPR)	满足 CCDF 曲线模板要求,见图 2-10
14	调制误差率(MER)	$\geqslant36\text{dB}$
15	单频网时延调整范围	$30.000\sim999.9999\text{ms}$
16	单频网时延调整步进	100ns

2.1.3　工作模式

1.指标说明

根据传输速率、调制方式、保护间隔和内码码率的不同,按照 GB 20600—2006 规定,激励器的工作模式可以根据应用场合需要,有多种工作模式组合。

(1)传输速率可选范围 $5.414\sim32.486\text{Mbit/s}$;

(2)调制方式可选 4-QAM-NR、4-QAM、16-QAM、32-QAM、64-QAM;

(3)保护间隔可选 $55.6\mu\text{s}$、$78.7\mu\text{s}$,$125\mu\text{s}$;

(4)内码码率可选 0.4、0.6、0.8;

(5)帧头旋转模式可选旋转、不旋转;

(6)单载波工作模式下可选是否插入双导频;

(7)时间交织可选长交织、短交织。

目前支持模式下的净荷数据率如表 2-2 所示。

表 2-2　GB 20600—2006 系统净荷数据率　　　　(单位:Mbit/s)

信号帧长度/符号	帧头模式	FEC 码率	映射				
			4-QAM-NR	4-QAM	16-QAM	32-QAM	64-QAM
4200	PN420	0.4	—	5.414	10.829	—	16.243
		0.6	—	8.122	16.243	—	24.365
		0.8	5.414	10.829	21.658	27.072	32.486

信号帧长度/符号	帧头模式	FEC码率	映　　射				
			4-QAM-NR	4-QAM	16-QAM	32-QAM	64-QAM
4375	PN595	0.4	—	5.198	10.396	—	15.593
		0.6	—	7.797	15.593	—	23.390
		0.8	5.198	10.396	20.791	25.989	31.187
4725	PN945	0.4	—	4.813	9.626	—	14.438
		0.6	—	7.219	14.438	—	21.658
		0.8	4.813	9.626	19.251	24.064	28.877

2.测量框图

测量工作模式需要的设备包括码流发生器、地面数字电视接收机、显示器或误码分析仪。地面数字电视广播激励器工作模式测量框图如图 2-2 所示。

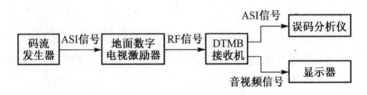

图 2-2　工作模式测量框图

3.测量步骤

(1)如图 2-2 所示连接测量系统;

(2)设置激励器,使其工作于 GB 20600—2006 规定的任一工作模式;

(3)设置码流发生器,发送伪随机序列或测试图像序列,码率略低于激励器此时工作模式下的最大净码率;

(4)观察误码分析仪误码率或显示器图像,判断接收机工作是否正常;

(5)改变激励器工作模式,重复步骤(3)~(4),直至遍历 GB 20600—2006 规定的所有工作模式。

接收机工作正常的判断标准包括:

(1)采用伪随机序列时,误码分析仪的 1min 误码率显示为 0;

(2)采用测试图像序列时,显示器输出图像无马赛克。

2.1.4　工作频率

1. 指标说明

工作频率是指激励器输出载波射频信号的中心频率(f_c)。激励器输出的载波频率应该符合《彩色电视广播覆盖网技术规定》(GB/T 14433—1993)中的规定频率。我国广播电视每个工作频率间隔为 8MHz。

GB/T 14433—1993 中规定的电视频道标称值与其实际频率的对应关系如表 2-3 所示。

表 2-3　电视频道标称值与其实际频率

波　段	频道 DS-XX	频率范围/MHz
I	1	48.5～56.5
	2	56.5～64.5
	3	64.5～72.5
II	4	76～84
	5	84～92
III	6	167～175
	7	175～183
	8	183～191
	9	191～199
	10	199～207
	11	207～215
	12	215～223
IV	13	470～478
	14	478～486
	15	486～494
	16	494～502
	17	502～510
	18	510～518
	19	518～526
	20	526～534
	21	534～542
	22	542～550
	23	550～558
	24	558～566

波　　段	频道 DS-XX	频率范围/MHz
	25	606～614
	26	614～622
	27	622～630
	28	630～638
	29	638～646
	30	646～654
	31	654～662
	32	662～670
	33	670～678
	34	678～686
	35	686～694
	36	694～702
	37	702～710
V	38	710～718
	39	718～726
	40	726～734
	41	734～742
	42	742～750
	43	750～758
	44	758～766
	45	766～774
	46	774～782
	47	782～790
	48	790～798
	49	798～806
	50	806～814
	51	814～822
	52	822～830

波　段	频道 DS-XX	频率范围/MHz
	53	830～838
	54	838～846
	55	846～854
	56	854～862
	57	862～870
	58	870～878
	59	878～886
	60	886～894
V	61	894～902
	62	902～910
	63	910～918
	64	918～926
	65	926～934
	66	934～942
	67	942～950
	68	950～958

只有当发射机和接收机的频率一致时，才能保证数据的正确发送和接收。

2. 测量框图

测量工作频率需要的设备包括码流发生器和频率计。地面数字电视广播激励器工作频率测量框图如图 2-3 所示。

图 2-3　工作频率、频率准确度和频率稳定度测量框图

3. 测量步骤

(1)如图 2-3 所示连接测量系统；

（2）设置激励器工作于 GB 20600—2006 规定的任一工作模式；

（3）设置码流发生器，发送伪随机序列或测试图像序列，码率略低于激励器此时工作模式下的最大净码率；

（4）设置激励器只输出载波射频信号；

（5）用频率计测量载波射频信号频率，记为激励器的工作频率。

注：可以采用多次测量结果进行算术平均的方法，消除单次测量的随机误差。

2.1.5　频率准确度

1. 指标说明

数字电视广播每个频道都有一个标称的射频中心工作频率，用 f_0 表示，其值参见表 2-3。

频率准确度是指激励器输出的载波射频信号的实际频率 f 对其标称值 f_0 的偏离值，分为绝对频率准确度和相对频率准确度。

绝对频率准确度为

$$\Delta f = f - f_0$$

相对频率准确度为

$$\frac{\Delta f}{f_0} = \frac{f - f_0}{f_0}$$

输出频率的准确度会影响载波频率的真实值，接收机对于载波的偏差有一定的容限范围，但如果载波频率偏差太大，则接收机无法正常接收。

标准要求激励器频率准确度（绝对频率准确度）在多频网（Multiple Frequency Network，MFN）工作模式下在 ±100Hz 以内，在单频网工作模式下在 ±1Hz 以内。

2. 测量框图

测量频率准确度需要的设备包括码流发生器和频率计。地面数字电视广播激励器频率准确度测量框图如图 2-3 所示。

3. 测量步骤

（1）如图 2-3 所示连接测量系统；

（2）设置激励器工作于 GB 20600—2006 规定的任一工作模式；

（3）设置码流发生器，发送伪随机序列或测试图像序列，码率略低于激励器此时工作模式下的最大净码率；

（4）设置激励器只输出载波射频信号；

(5)用频率计测量载波射频信号频率,频率准确度为载波射频信号频率与标称工作频率之差。

注:可以采用多次测量结果进行算术平均的方法,消除单次测量的随机误差。

2.1.6　频率稳定度

1.指标说明

设备工作状态指标随着时间不可避免地会发生一些变化。频率稳定度是衡量激励器输出载波频率随时间变化的范围,定义为一段时间内测量到的激励器最小输出频率与标称频率之差,到测量到的激励器最大输出频率与标称频率之差。

激励器的频率稳定度取决于本振源的频率稳定度。温度、电源、激励器元器件的参数变化都会影响频率准确度和频率稳定度。

激励器输出频率随着时间产生的漂移应该保持在一个比较小的容限范围内。频率稳定度指标不好会影响系统的长期工作稳定性。在 SFN 模式下,会影响整个单频网的同步。

激励器可以接外部时钟参考源。当有外参考源时,激励器优先使用外部参考源;当无外参考源时,激励器将启用内部参考源。内、外参考源要求可以手动或自动切换。标准要求当激励器采用内部参考源时,频率稳定度小于等于 1×10^{-7};当采用外接参考源时,频率稳定度小于等于 1×10^{-10}。

2.测量框图

测量频率稳定度需要的设备包括码流发生器和频率计。地面数字电视广播激励器频率稳定度测量框图如图 2-3 所示。

3.测量步骤

(1)如图 2-3 所示连接测量系统;

(2)设置激励器工作于 GB 20600—2006 规定的任一工作模式;

(3)设置码流发生器,发送伪随机序列或测试图像序列,码率略低于激励器此时工作模式下的最大净码率;

(4)设置激励器只输出载波射频信号;

(5)用频率计读取载波射频信号频率,记为 f_{RC};

(6)在 3 个月周期内,每隔 1 周测量 1 次载波射频信号,记录 3 个月内激励器最大和最小输出频率 $f_{C_{max}}$ 和 $f_{C_{min}}$,频率稳定度为 $f_{C_{min}}$ 与 f_{RC} 之差到 $f_{C_{max}}$ 与 f_{RC} 之差。

2.1.7　输出功率

1. 指标说明

激励器的输出功率是指激励器输出的射频信号的能量,单位为 W,在实际应用中又常用分贝毫瓦(dBm,以 1 毫瓦为参考来描述功率的对数式单位)来表示,1W＝30dBm。

2. 测量框图

测量额定输出功率需要的设备包括码流发生器和频谱分析仪。地面数字电视广播激励器输出功率测量框图如图 2-4 所示。

图 2-4　功率类指标测量框图

3. 测量步骤

(1)如图 2-4 所示连接测量系统;

(2)设置激励器工作于 GB 20600—2006 规定的任一工作模式;

(3)设置码流发生器,发送伪随机序列或测试图像序列,码率略低于激励器此时工作模式下的最大净码率;

(4)设置频谱分析仪中心频率为激励器工作频率,测量带宽为 8MHz,测量信号功率,记为 P。

注:测量时需启用频谱分析仪的平均功能,建议平均次数不低于 50 次,这样得到的测量结果更稳定,能有效消除单次测量的随机误差。

2.1.8　输出功率稳定度

1. 指标说明

激励器的功率输出随时间的变化在一定范围内波动。一般发射机都具有自动增益调节模块,激励器输出功率在一定范围内波动不会影响发射系统的输出功率。但如果激励器的输出功率变化太大太快,发射机的自动增益无法跟上,那么发射系统可能就无法工作。

输出功率稳定度用于衡量激励器输出功率在一段时间内的波动范围,定义为一段时间内测量的最小输出功率与参考输出功率之差,到测量的最大输出功率与参考输出功率之差。标准要求在 24h 内输出功率稳定度在±0.3dB 以内。

2. 测量框图

测量输出功率稳定度需要的设备包括码流发生器和频谱分析仪。地面数字电视广播激励器输出功率稳定度测量框图如图 2-4 所示。

3. 测量步骤

(1)如图 2-4 所示连接测量系统;

(2)设置激励器工作于 GB 20600—2006 规定的任一工作模式;

(3)设置码流发生器,发送伪随机序列或测试图像序列,码率略低于激励器此时工作模式下的最大净码率;

(4)设置频谱分析仪中心频率为激励器工作频率,测量带宽为 8MHz,测量信号功率 P;

(5)在 24h 内,每小时测量 1 次信号功率,记录该时间段测量的最大和最小信号功率 P_{max} 和 P_{min},输出功率稳定度为 P_{min} 与 P 之差到 P_{max} 与 P 之差。

2.1.9　射频有效带宽

1. 指标说明

射频有效带宽一般的定义是通带内对应于 3dB 衰减量的上边频和下边频的频率差,其计算公式为

$$BW = f_U^{3dB} - f_L^{3dB}$$

标准要求激励器射频有效带宽为 7.56MHz。

2. 测量框图

测量射频有效带宽需要的设备包括码流发生器和频谱分析仪。地面数字电视广播激励器射频有效带宽测量框图如图 2-4 所示。

3. 测量步骤

(1)如图 2-4 所示连接测量系统;

(2)设置激励器工作于 GB 20600—2006 规定的双导频工作模式;

（3）设置码流发生器，发送伪随机序列或测试图像序列，码率略低于激励器此时工作模式下的最大净码率；

（4）设置频谱分析仪中心频率为激励器工作频率，分辨率带宽（Resolution Band Width，RBW）设置为 1kHz，视频带宽（Video Band Width，VBW）设置为 1kHz；

（5）分别读取高端、低端导频频率 f_H、f_L，射频有效带宽为 f_H 与 f_L 之差。

2.1.10　滚降系数

1. 指标说明

对于基带传输系统，要保证无码间串扰，系统传输函数 $H(f)$ 是单边带宽为 $f_s = 1/(2T_s)$ 的矩形函数，称为理想奈奎斯特滤波器。其时域波形为 $h(t) = \mathrm{sinc}(t/T_s)$，称为理想奈奎斯特脉冲成形，波形如图 2-5 所示。

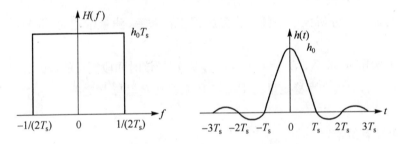

图 2-5　奈奎斯特滤波器及其时域波形

传输函数的计算公式为

$$H(f) = \begin{cases} h_0 T_s, & |f| < 1/(2T_s) \\ 0, & |f| \leqslant 1/(2T_s) \end{cases}$$

$$h(t) = h_0 \frac{\sin(\pi t/T_s)}{\pi t/T_s}$$

无码间串扰的滤波器传输函数形状为矩形，这在物理上是不可实现的。在实际应用中一般采用具有缓慢下降边沿、在物理上可实现的系统传输函数。其中，常用的是升余弦滚降特性成形滤波，如图 2-6 所示。其中，α 称为滚降系数。

传输函数的计算公式为

$$H(f) = \begin{cases} 1, & 0 \leqslant f < f_N(1-\alpha) \\ \dfrac{1}{2} + \dfrac{1}{2}\sin\dfrac{\pi}{2f_N}\left(\dfrac{f_N - f}{\alpha}\right), & f_N(1-\alpha) \leqslant f \leqslant f_N(1+\alpha) \\ 0, & f > f_N(1+\alpha) \end{cases}$$

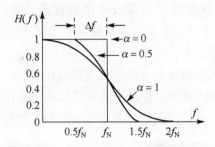

图 2-6　升余弦滚降特性滤波器

滚降系数 $\alpha = \Delta f / f_N$，取值在 0 和 1 之间。Δf 是滚降部分的带宽。$\alpha = 0$ 的传输函数 $H(f)$ 就是理想奈奎斯特滤波器的情况。

滚降系数影响着频谱效率。滚降系数越小，频谱利用率就越高；但滚降系数过小时，升余弦滚降滤波器的设计和实现比较困难，而且当传输过程中发生线性失真时产生的符号间干扰也比较严重。标准要求地面数字电视激励器的滚降系数为 0.05。

2. 测量框图

测量滚降系数需要的设备包括码流发生器和频谱分析仪。地面数字电视广播激励器滚降系数测量框图如图 2-4 所示。

3. 测量步骤

(1)如图 2-4 所示连接测量系统；

(2)设置激励器工作于 GB 20600—2006 规定的任一工作模式；

(3)设置码流发生器，发送伪随机序列或测试图像序列，码率略低于激励器此时工作模式下的最大净码率；

(4)设置频谱分析仪中心频率为激励器工作频率，RBW 设置为 3kHz，VBW 设置为 3kHz，测量中心频率处信号幅度并记为 A_c；

(5)分别测量高端、低端幅度为 $A_c - 40\text{dB}$ 点的频率，两者的差值为射频占用带宽，滚降系数为占用带宽与有效带宽的差同有效带宽的比值。

2.1.11　信号带肩

1. 指标说明

数字电视信号经过放大器后在频道外的互调产物为近似连续频谱，频道外的连续频谱在频道附近会产生"肩"部效应，这就是带肩。带肩比具体定义为信号中心频点的功率值与偏离中心频点载波外某点功率的比值。我国一个电视频道带宽为 8MHz,带肩比规定为信号中心频点功率与偏离中心频点±4.2MHz处功率的比值,单位为 dBc。

带肩比是数字电视射频输出信号的一项关键技术指标。激励器内部处理的线性化程度越高,带肩值就越小,越能够保证被传输信号的信噪比。

带肩比可以通过频谱分析仪测量。图 2-7 所示为一个实际的带肩测试图。

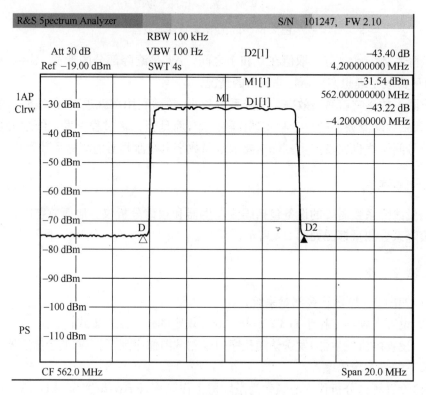

图 2-7   实际带肩测试图

标准要求激励器信号带肩在 $f_c \pm 4.2$MHz 处小于等于 -48dBc。

2.测量框图

测量信号带肩需要的设备包括码流发生器和频谱分析仪。地面数字电视广播激励器信号带肩测量框图如图 2-4 所示。

3.测量步骤

(1)如图 2-4 所示连接测量系统;

(2)设置激励器工作于 GB 20600—2006 规定的任一工作模式;

(3)设置码流发生器,发送伪随机序列或测试图像序列,码率略低于激励器此时工作模式下的最大净码率;

(4)设置频谱分析仪中心频率为激励器工作频率,RBW 设置为 3kHz,VBW 设置为 3kHz,测量信号 f_c 处信号幅度并记为 A_c;

(5)分别测量 $f_c \pm 4.2$MHz 处信号幅度,信号带肩为 $f_c \pm 4.2$MHz 处信号幅度与 A_c 的差值。

2.1.12　带内不平坦度

1. 指标说明

带内不平坦度是衡量有效带宽内激励器的频率响应特性,定义为工作频段内最大、最小电平之间的差值。该指标反映放大器的线性失真,一般要求带内波动在 ± 0.5dB 以内,超出容差范围时,相当于有强干扰,影响接收。

带内波动可通过频谱仪来测量。标准要求激励器带内不平坦度在 $f_c \pm 3.591$MHz 频带内波动范围在 ± 0.5dB 以内。

2. 测量框图

测量带内不平坦度需要的设备包括码流发生器和频谱分析仪。地面数字电视广播激励器带内不平坦度测量框图如图 2-4 所示。

3. 测量步骤

(1)如图 2-4 所示连接测量系统;

(2)设置激励器工作于 GB 20600—2006 规定的任一工作模式;

(3)设置码流发生器,发送伪随机序列或测试图像序列,码率略低于激励器此时工作模式下的最大净码率;

(4)设置频谱分析仪中心频率为激励器工作频率,RBW 设置为 3kHz,VBW 设置为 3kHz,测量中心频率处幅度并记为 A_c;

(5)测量带内最大和最小幅度值,并分别记为 A_{max} 和 A_{min}。带内不平坦度为从 A_{min} 与 A_c 的差到 A_{max} 与 A_c 的差。

注:测量时一定要用频谱分析仪的多次平均功能,这样得到的测量结果更稳定,能有效消除单次测量的随机误差。

2.1.13　邻频道带内无用发射功率

1. 指标说明

带外杂散是指除发射机工作频率带的输出功率之外,所有谐波、寄生、互调产生、变频产物等无用发射功率的总和。带外杂散过高,会对邻频或者其他频道产生干扰,造成其他频道底噪抬高,从而影响其他频率的正常工作。

根据与发射频道的相邻关系,可以分为:

(1)邻频道带内无用发射功率;

(2)邻频道带外无用发射功率。

带外杂散的表示方法有两种。一种是绝对电平表示法,它是以毫瓦(mW)或微瓦(μW)表示的杂散的平均功率或波峰包络功率;另一种表示方法为相对电平表示法,它是以分贝表示的杂散平均功率或波峰包络功率相对于发射波峰包络功率的衰减量。邻频道带内无用发射功率是指激励器输出泄漏到相邻频道(上邻频和下邻频)的无用功率,定义为无用功率与工作频道内功率的比值(用分贝表示时为两者之差)。标准要求激励器邻频道带内无用发射功率低于带内信号功率50dB。

2. 测量框图

测量邻频道带内无用发射功率需要的设备包括码流发生器和频谱分析仪。地面数字电视广播激励器邻频道带内无用发射功率测量框图如图 2-4 所示。

3. 测量步骤

(1)如图 2-4 所示连接测量系统;

(2)设置激励器工作于 GB 20600—2006 规定的任一工作模式;

(3)设置码流发生器,发送伪随机序列或测试图像序列,码率略低于激励器此时工作模式下的最大净码率;

(4)将频谱分析仪中心频率设置为激励器工作频率,测量带宽为 8MHz,测量信号功率记为 P;

(5)设置频谱分析仪中心频率为激励器工作频率的上、下邻频道中心,测量带宽为 8MHz。分别测量上、下邻频功率 P_{UA} 和 P_{DA},带内无用发射功率为 P_{UA} 和 P_{DA} 两者较大值与 P 的差。

2.1.14　邻频道带外无用发射功率

1. 指标说明

邻频道带外无用发射功率是指主要由谐波造成在邻频以外泄漏的部分无用功率。一般谐波次数越大,高次谐波的幅值越小,到一定次数后就不必计算了。因此,本指标仅考虑二次谐波、三次谐波、镜像频率干扰等。

标准要求激励器邻频道带外无用发射功率低于带内信号功率 55dB。

2. 测量框图

测量邻频道带外无用发射功率需要的设备包括码流发生器和频谱分析仪。地面数字电视广播激励器邻频道带外无用发射功率测量框图如图 2-4 所示。

3. 测量步骤

(1) 如图 2-4 所示连接测量系统;

(2) 设置激励器工作于 GB 20600—2006 规定的任一工作模式;

(3) 设置码流发生器,发送伪随机序列或测试图像序列,码率略低于激励器此时工作模式下的最大净码率;

(4) 设置频谱分析仪中心频率为激励器工作频率,测量带宽为 8MHz,测量信号功率记为 P;

(5) 频谱分析仪中心频率分别设置为二、三次谐波频道和镜像频道中心频率,测量带宽为 8MHz。分别测量上述信号功率,记为 P_S、P_T、P_{IAMGE},邻频道带外无用发射功率为 P_S、P_T、P_{IAMGE} 三者最大值与 P 的差。

2.1.15　相位噪声

1. 指标说明

相位噪声和抖动是对同一种现象的两种不同的定量表示方式。在理想情况下,一个频率固定的完美的脉冲信号(以 1MHz 为例)每 500ns 有一个跳变沿。但不幸的是,这种信号并不存在。信号传输过程中其周期的长度产生有一定变化,从而导致下一个沿的到来时间不确定。这种不确定就是相位噪声,或者说抖动,如图 2-8 所示。相位噪声会使 I/Q 平面上的星座点出现圆形模糊,引起信号信噪比恶化。

相位噪声表征的是信号频率的稳定度,频域上就是噪声边带,也就是相位噪声。

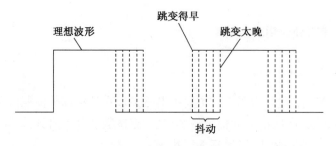

图 2-8　相位噪声示意图

在时域上与之对应的叫做信号的抖动。通常定义为在某一给定偏移频率处功率与总功率的比值,单位为 dBc。如果单频信号非常稳定的话,那么从频谱上看其边带会随着远离主频的位置逐渐降低,一般比较关心偏离主频 100Hz,1kHz,10kHz 处的边带。若是对数坐标,则此处边带的幅值与主频幅值相减,再换算成单位带宽内,单位为 dBc/Hz。一个振荡器在某一偏移频率处的相位噪声,定义为在该频率处 1Hz 带宽内的信号功率与信号的总功率比值。

　　频域测量相位噪声一般使用频谱分析仪,频谱分析仪可以测量偏离载频不同位置的相位噪声。相位噪声的值是以归一化的方式用偏移频率 f_{m} 处 1Hz 带宽内的矩形的面积与整个功率谱曲线下包含的面积之比表示的,约等于中心频率处曲线的高度与 f_{m} 处曲线的高度之差,如图 2-9 所示。

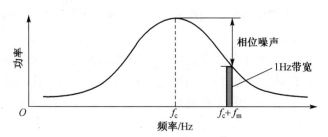

图 2-9　相位噪声的功率与总功率的比值

　　标准要求激励器输出射频信号在偏离中心频率以下位置处的相位噪声指标为:① ≤-60dBc/Hz @10Hz;② ≤-75dBc/Hz @100Hz;③ ≤-85dBc/Hz @1kHz;④ -95dBc/Hz @10kHz;⑤ ≤-110dBc/Hz @100kHz;⑥ ≤-120dBc/Hz @1MHz。

2.测量框图

　　测量本振相位噪声需要的设备包括码流发生器和频谱分析仪。地面数字电视广播激励器本振相位噪声测量框图如图 2-4 所示。

3. 测量步骤

当频谱分析仪带相位噪声测量功能时,采用测量方法一;当频谱分析仪无相位噪声测量功能时,采用测量方法二。

1)测量方法一

(1)如图 2-4 所示连接测量系统;

(2)设置激励器工作于 GB 20600—2006 规定的任一工作模式;

(3)设置码流发生器,发送伪随机序列或测试图像序列,码率略低于激励器此时工作模式下的最大净码率;

(4)设置激励器只输出载波射频信号;

(5)选择相位噪声测量功能,设置频谱分析仪中心频率为标称工作频率,测量带宽设置为 2MHz,打印和保存本振相位噪声测量结果。

2)测量方法二

(1)如图 2-4 所示连接测量系统;

(2)设置激励器工作于 GB 20600—2006 规定的任一工作模式;

(3)设置码流发生器,发送伪随机序列或测试图像序列,码率略低于激励器此时工作模式下的最大净码率;

(4)设置激励器只输出载波射频信号;

(5)设置频谱分析仪中心频率为标称工作频率。根据测量频率点位置不同,适当设置 RBW,分别测量 10Hz、100Hz、1kHz、10kHz、100kHz 和 1MHz 频率处幅度相对标称工作频率处幅度的差值,记为 A_p,并根据下式换算得到各频率点相位噪声 N_p

$$N_p = A_p - 10\lg\left(\frac{1.2\text{RBW}}{1\text{Hz}}\right) + 2.5 \tag{2-1}$$

2.1.16　峰值平均功率比

1. 指标说明

从时域上观测无线信号的幅度峰值是不断变化的,并不恒定。不断变化的正弦波,一个周期内的信号幅度峰值和其他周期内的幅度峰值是不一样的,因此每个周期的平均功率和峰值功率是不一样的。在一个较长的时间内,峰值功率是以某种概率出现的最大瞬态功率。峰值功率跟系统总的平均功率的比就是峰值平均功率比。计算公式为

$$PAPR = 10lg(P_{peak}/P_{av}) \quad (dB)$$

多载波调制由于载波个数比较大，PAPR 的最大理论值发生的概率是很小的，所以描述多载波信号的上限是没有意义的，应该考虑 PAPR 的统计分布。互补积累分布函数(Complementary Cumulative Distribution Function, CCDF)就是从概率统计的角度用波形图来直观地显示峰值平均功率比的。所以多载波信号需要用 CCDF 来测量其峰值平均功率比，体现超过一定阈值的被测信号峰值功率的概率。

标准要求激励器输出峰值平均功率比应满足图 2-10 所示的曲线模板。

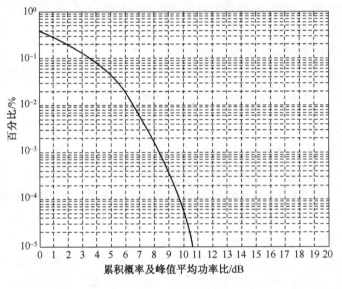

图 2-10　CCDF 曲线模板

2. 测量框图

测量峰值平均功率比需要的设备包括码流发生器和矢量分析仪。地面数字电视广播激励器峰值平均功率比测量框图如图 2-11 所示。

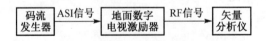

图 2-11　峰值平均功率比测量框图

3. 测量步骤

(1)如图 2-11 所示连接测量系统；

(2)设置激励器工作于 GB 20600—2006 规定的任一工作模式；

（3）设置码流发生器，发送伪随机序列或测试图像序列，码率略低于激励器此时工作模式下的最大净码率；

（4）设置矢量分析仪中心频率为激励器工作频率，分析带宽为 8MHz；

（5）选择矢量分析仪的 CCDF 测量功能，统计样本设置为 100000，在显示的 CCDF 曲线稳定后，保存并打印 CCDF 曲线，读取峰值平均功率比。

2.1.17　调制误差率

1. 测试目的

数字电视信号 TS 流经过 QAM 调制分成 I 和 Q 两组，分别量化，I、Q 两路信号经同一本振混频，但相位相差 90°。量化后的 I 路信号电平幅度按量化等级，在 I 轴方向有数个相应的位置，如量化 8 个等级则有 8 个位置，Q 路也是如此。这样一来，每一个数字电视信号会在一个坐标图上都有它相应的位置。例如，I、Q 各组量化 4 个等级，则有 $4 \times 4 = 16$ 个框的星座，量化 8 个等级则为 64 个框的星座图。

数字电视信号的每一个信号（称为符号），在星座图上都有一个相应的位置。如果这个符号是理想的，那么在其方框内是一个小点，方框线即为相邻符号的分界限，也称为"判断门限"。数字电视信号总是伴随着广义噪声而存在的，每时每刻都有噪声叠加。方框中的符号不可能在其理想的框的中心，用仪器测试，白噪声叠加造成星座点位置尽管每次都不一样，但都分布在中心的位置附近，多次取样形成如云雾状的圆点。时间很短、幅度较大的突发脉冲信号，会使得符号偏离中心很大，甚至跨过了判断门限而到了邻近的符号框内，这就造成了误码。

调制误差率（Modulation Error Rate，MER）是以数学模型来表征数字电视信号的噪声状态，而星座图是以图形来表征数字电视信号的噪声状态。具有广义噪声的误差矢量图如图 2-12 所示，在一个相当长的时间内进行测试，每个接收到的数据点 $j(j=[1,N])$ 在 IQ 平面上的坐标是 $I_j + \Delta I_j$ 和 $Q_j + \Delta Q_j$。其中，I 和 Q 是理想符号点的坐标，ΔI_j 和 ΔQ_j 代表从所选符号的理想位置（判断框中心）至接收到的符号的实际位置间的距离，这个距离称为误差矢量。MER 定义为数字电视信号的理想符号功率与噪声功率之比，单位为 dB。计算公式为

$$\text{MER} = 10\lg \frac{\sum_{j=1}^{N} I_j^2 + Q_j^2}{\sum_{j=1}^{N} \Delta I_j^2 + \Delta Q_j^2}$$

MER 包含了信号的所有类型的损伤，如各种噪声、载波泄漏、I/Q 幅度不平衡、

I/Q相位误差、相位噪声等。它反映了数字电视信号经传输后损伤的程度,是衡量数字电视系统的重要指标。

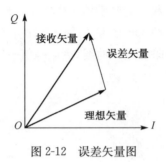

图 2-12　误差矢量图

标准要求激励器输出信号的调制误差率大于等于 36dB。

2.测量框图

测量调制误差率需要的设备包括码流发生器和调制误差率测试仪。地面数字电视广播激励器调制误差率测量框图如图 2-13 所示。

图 2-13　调制误差率测量框图

3.测量步骤

(1)如图 2-13 所示连接测量系统;

(2)设置激励器工作于 GB 20600—2006 规定的任一工作模式;

(3)设置码流发生器,发送伪随机序列或测试图像序列,码率略低于激励器此时工作模式下的最大净码率;

(4)调制误差率测试仪工作频率设置为激励器工作频率,读取调制误差率值。

2.1.18　单频网延时调整范围

1.指标说明

单频网中多点发射机工作于相同的频率、同步地发射相同的节目,其覆盖区域内存在重叠服务区,对接收机来说相当于多径信号。从理论上讲只要采用合适的保护间隔,合理地设计发射塔间的距离,正交频分复用调制就能抵抗多径反射。这要求发射机实现时间同步,同一码流字符必须从不同的发射机中以同一时间发射。

在实际应用中,通过单频网适配器在节目码流中插入时间标记,实现在各种传输链路上的时延自动补偿和各发射机之间相互时间同步。单频网适配器每 1 秒向输入的 TS 码流中插入 1 个秒帧初始化包(Second frame Initialization Packet,SIP)。SIP除作为时间标记外,还携带激励器所需的信道编码调制参数、最大时延等系统参数。单频网中的各激励器通过检测接收到 TS 流中的 SIP,获得最大延迟时间 T_{max} 和 TS流经过分配网络后传输延迟时间 T_{delay_T} 与附加延迟时间 T_{delay_A} 后统一发射。各发射点激励器附加延时时间计算公式为

$$T_{delay\_A} = T_{max} - T_{delay\_T}$$

各激励器接收来自同一单频网适配器发出的同步数字包,在全球定位系统(Global Positioning System,GPS)时钟参考源控制下,实现各激励器编码调制信号精准同步和播出时间的精准同步。

标准规定激励器单频网时延调整范围为 0~999.9999ms。

2.测量框图

测量单频网延时调整范围需要的设备包括码流发生器、GPS 授时接收机、单频网适配器、地面数字电视接收机、显示器或误码分析仪。地面数字电视广播激励器单频网延时调整范围测量框图如图 2-14 所示。

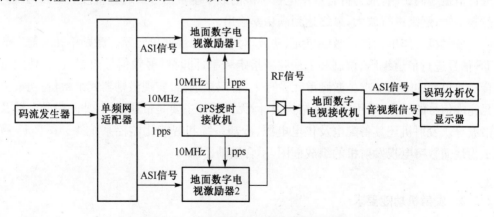

图 2-14　单频网延时调整范围测量框图

3.测量步骤

(1)如图 2-14 所示连接测量系统;

（2）设置码流发生器，发送伪随机序列或测试图像序列，码率略低于激励器此时工作模式下的最大净码率；

（3）设置单频网适配器工作于 GB 20600—2006 规定的任一工作模式；

（4）观察激励器是否能够解析 SIP，并正确设置工作模式，保证接收机正常工作；

（5）改变激励器延时设置，在保证接收机正常工作情况下，观察并记录单频网延时调整范围。

2.2　发射机测量

2008 年 3 月，国家广播电影电视总局发布了中华人民共和国广播电影电视行业标准《地面数字电视广播发射机技术要求和测量方法》（GY/T 229.4—2008），标准规定了符合 GB 20600—2006 的地面数字电视广播发射机的技术要求和测量方法。该标准适用于符合 GB 20600—2006 的不同功率等级的地面数字电视广播发射机的设计、生产、验收、运行和维护。本节依据该标准介绍了地面数字电视发射机的技术要求和测量方法。

2.2.1　发射机简介

数字电视发射机输入为 MPEG-2（或 MPEG4/AVS）格式的 TS 信号，通过激励器进行信道编码调制，成为符合数字电视标准的数字基带信号。通过直接上变频调制为射频信号，逐级进行放大，最终达到满功率输出。

发射机工作单元包括激励单元、功放单元和无源部件单元等。激励单元对输入的 TS 信号进行信道编码、调制和上变频到指定频率，同时对射频信号前置放大，使之符合功放单元的输入要求。激励单元设有主、备双激励器，实现激励器冗余备份；功放单元完成信号的放大，采用模块化结构设计；无源部件主要是带通滤波，滤除带外杂波及谐波等。发射机还具备配电及供电电源、冷却系统和智能化监控系统等。图 2-15 所示为地面数字电视发射机的组成框图（不含激励器）。

2.2.2　发射机功能要求

（1）工作模式：支持 GB 20600—2006 规定的全部工作模式。

（2）遥控遥测接口：发射机应具备遥控遥测接口。

（3）组网方式：支持 MFN 和 SFN 组网方式，其中 SFN 模式要求应符合《地面数字电视广播单频网适配器技术要求和测量方法》（GY/T 229.1—2008）的有关规定。

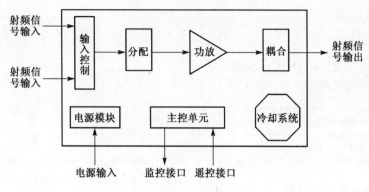

图 2-15　发射机组成框图

2.2.3　发射机技术指标

地面数字电视广播发射机技术指标要求见表 2-4。

表 2-4　地面数字电视广播发射机技术指标要求

序号	项　　目	指　　标
1	工作频率	符合 GB/T 14433—1993 有关规定
2	单频网模式频率调节步长	1Hz
3	频率稳定度(3 个月)	采用内部参考源时,频率稳定度$\leqslant 1 \times 10^{-7}$; 采用外接参考源时,频率稳定度$\leqslant 1 \times 10^{-10}$
4	频率准确度	对于 MFN 模式,频率准确度$\leqslant \pm 100$Hz; 对于 SFN 模式,频率准确度$\leqslant \pm 1$Hz
5	本振相位噪声	具体指标见表 2-5
6	射频输出功率稳定度	$\leqslant \pm 0.5$dB
7	输出负载的反射损耗(8MHz 带内)	正常工作:$\geqslant 26$dB; 允许工作:$\geqslant 20$dB
8	频谱模板	带内频谱特性:射频带内频谱不平坦度($f_c \pm 3.591$MHz)应在± 0.5dB 以内; 带外频谱特性:带外频谱特性符合 GB 20600—2006 中带外频谱模板的有关规定

续表

序号	项　目	指　标
9	带肩(在偏离中心频率±4.2MHz处,在滤波器之前测量)	≤−36dB
10	带内不平坦度(f_c±3.591MHz)	在±0.5dB 以内
11	调制误差率(MER)	≥32dB
12	邻频道内的发射功率	邻频道内的发射功率与带内发射功率的比≤−45dB,并满足邻频道内的发射功率≤13dBm
13	邻频道外的发射功率	邻频道外的发射功率与带内发射功率的比≤−60dB,并满足邻频道外的发射功率≤13mW

本振相位噪声对 OFDM 调制的性能影响较大,其相位噪声指标见表 2-5。

表 2-5　发射机相位噪声指标

偏移中心频率/Hz	本振相位噪声/(dBc/Hz)	偏移中心频率/Hz	本振相位噪声/(dBc/Hz)
10	<−60	10k	<−95
100	<−75	100k	<−110
1k	<−85	1M	<−115

2.2.4　测量条件

(1)电源条件:电源电压应在标称电压±10%范围内,电源频率应在标称频率50Hz±1Hz 范围内。

(2)测量负载:测量负载阻抗为 50Ω,在发射机工作频带范围内,电压驻波比(Voltage Standing Wave Ratio,VSWR)应小于 1.1。

(3)输出信号的取样:输出信号应在发射机到负载间的定向耦合器上取样,定向耦合器的方向性应优于 26dB。

(4)测量发射机测试端口:测量端口可包含输出滤波器前、后两个端口。

(5)发射机的状况:发射机调整到正常运行状态后,在整个测量过程中,除有特别规定外,不应再调整。

(6)测量仪器:测量仪器的电性能指标,主要是分辨率、精确度(包括输入、输出阻抗的精确度)和在整个测量过程中自身的随机变化或漂移,应比被测量设备高一个等级。

2.2.5　工作模式

1.指标说明

在 GB 20600—2006 所有模式下测量系统能否正常工作。工作模式与净荷数据率见表 2-2。

2.测量框图

功能验证测量框图如图 2-16 所示。

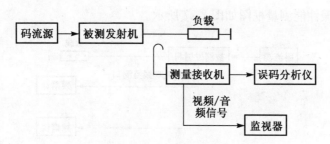

图 2-16　功能验证测量框图

3.测量步骤

(1)如图 2-16 所示连接测量设备;

(2)将被测发射机系统设置为需要的工作模式;

(3)码流源发送码率不大于工作模式载荷速率的测量码流;

(4)设置测量用接收机的工作频率和模式与被测发射机一致;

(5)观察误码分析仪的误码率或监视器图像,判断接收机工作是否正常;

(6)改变被测发射机工作模式,重复步骤(2)~(5),直至遍历 GB 20600—2006 规定的所有工作模式;

(7)要求在所有的工作模式下,误码分析仪的误码率在 1min 内读数为 0;

(8)采用测试图像序列,监视器输出图像无马赛克。

2.2.6 单频网模式频率调节步长

1. 测量目的

单频网的同步运行要求单频网中多点发射机工作于相同的频率、同步地发射相同的节目。同频是指不同发射点发射的射频信号在载波频率上严格保持同步。多载波调制信号由多个载波(国标为4780个载波)构成,每个载波都必须采用同一频率。为了使发射系统中的中频和射频级联后的精度仍然能满足这一要求,通常的做法是将所有发射机中的上变频本振都同步到一个参考时钟,如GPS时钟。因此,要求发射机本振频率应该可调。

标准要求单频网模式下发射机本振频率的调节步长为1Hz。

2. 测量框图

发射机本振性能测量框图如图2-17所示。

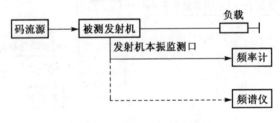

图2-17 本振性能测量框图

3. 测量步骤

(1)如图2-17所示连接测量设备;
(2)将发射机的本振监测口连接到频率计或频谱仪;
(3)测量并记录本振信号的频率;
(4)按照最小调节步长调节一次本振信号频率;
(5)测量并记录本振信号的频率;
(6)两次测量的本振信号频率之差即为频率调节步长。

2.2.7 本振频率稳定度

1. 指标说明

参见2.1.6节中的指标说明。标准要求发射机本振频率稳定度在3个月的时间内,当用内部参考源时,频率稳定度小于等于 1×10^{-7};当采用外接参考源时,频率稳定度小于等于 1×10^{-10}。

2. 测量框图

本振频率测试系统框图如图 2-17 所示。

3. 测量步骤

(1)如图 2-17 所示连接测量设备;

(2)将发射机的本振监测口连接到频率计或频谱仪;

(3)连续运行三个月,周期内每隔一周测量 1 次本振频率并记录;

(4)在测量结果中选择最大和最小频率之差即为频率稳定度。

2.2.8　频率准确度

1. 指标说明

参见 2.1.5 节中的指标说明。标准要求发射机频率稳定度指标为:

(1)MFN 模式下,频率准确度为 $\pm 100\text{Hz}$;

(2)SFN 模式下,频率准确度为 $\pm 1\text{Hz}$。

2. 测量框图

频率准确度测试系统框图如图 2-17 所示。

3. 测量步骤

(1)如图 2-17 所示连接测量设备;

(2)将发射机的本振监测口连接到频率计或者频谱仪;

(3)测量并记录本振信号的频率;

(4)标称频率与测量频率之差的绝对值即为频率准确度。

2.2.9　相位噪声

1. 指标说明

参见 2.1.15 节中的指标说明。标准要求发射机输出射频信号在偏离中心频率以下位置处的相位噪声指标为：① ≤－60dBc/Hz @10Hz；② ≤－75dBc/Hz @100Hz；③ ≤－85dBc/Hz @1kHz；④ ≤－95dBc/Hz @10kHz；⑤ ≤－110dBc/Hz @100kHz；⑥ ≤－115dBc/Hz @1MHz。

2. 测量框图

本振相位噪声测试框图如图 2-17 所示。

3. 测量步骤

如果频谱分析仪带相位噪声测量功能，则采用测量方法一；如果频谱分析仪无相位噪声测量功能，则采用测量方法二。

1）测量方法一

(1)如图 2-17 所示连接测量设备；

(2)设置被测发射机工作于 GB 20600—2006 规定的任一工作模式；

(3)设置码流源，发送伪随机序列或测试图像序列，码率略低于激励器此时工作模式下的最大净码率；

(4)选择相位噪声测量功能，设置频谱分析仪中心频率为标称工作频率，测量带宽设置为 2MHz，打印并保存本振相位噪声测量结果。

2）测量方法二

(1)如图 2-17 所示连接测量设备；

(2)设置被测发射机工作于 GB 20600—2006 规定的任一工作模式；

(3)设置码流源，发送伪随机序列或测试图像序列，码率略低于激励器此时工作模式下的最大净码率；

(4)设置发射机只输出载波射频信号；

(5)设置频谱分析仪中心频率为标称工作频率。根据测量频率点位置不同，适当设置 RBW，分别测量 10Hz、100Hz、1kHz、10kHz、100kHz 和 1MHz 频率处幅度相对标称工作频率处幅度的差值，记为 A_p，并根据式(2-1)换算得到各频率点相位噪声 N_p。

2.2.10　频谱模板

1. 指标说明

频谱模板主要定义发射机在信道外的近端辐射需要满足的模板曲线。标准要求发射机带外频谱特性符合 GB 20600—2006 中带外频谱模板的有关规定。

GB 20600—2006 规定,对应于射频发送信号的成形滤波后基带信号(未含双导频插入)的典型频谱特性如图 2-18 所示。

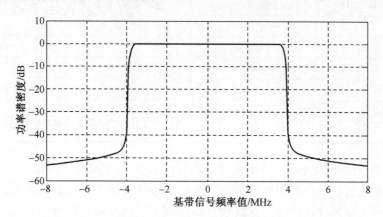

图 2-18　成形滤波后基带信号频谱特性

在电视频道带宽之外的频谱能量可通过合适的滤波进行抑制。

当数字电视发射机和模拟电视发射机(PAL 制模拟电视)位于同一个发射台,并且数字电视发射机使用的频谱位于模拟电视发射机的上邻频或下邻频时,建议数字电视发射机使用的频谱模板如图 2-19 所示,且相应的谱模板的转折点如表 2-6 所示。图 2-19所示的频谱模板满足两种发射机的辐射功率相同时模拟电视的最小保护需求。如果两个发射机的发射功率不同,需要按比例进行修正。

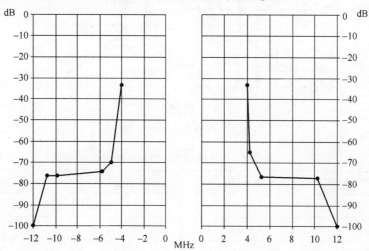

图 2-19　同一个发射台的数字电视发射机位于模拟电视发射机的
上邻频或下邻频时的频谱模板

表 2-6　谱模板的转折点

相对频率/MHz	频谱/dB	相对频率/MHz	频谱/dB
−12	−100	+3.9	−32.8
−10.75	−76.9	+4.25	−64.9
−9.75	−76.9	+5.25	−76.9
−5.75	−74.2	+6.25	−76.9
−4.94	−69.9	+10.25	−76.9
−3.9	−32.8	+12	−100

图 2-19 的信号功率在 4kHz 带宽下测得,其中 0dB 对应整个输出功率。

当数字电视信号的相邻频道用于其他服务(如更小发射功率)时,可能需要使用具有更高带外衰减的频谱模板。在这些严格情况下的频谱模板具体如图 2-20 所示,相应的频谱模板的转折点由表 2-7 给出。图 2-20 信号功率在 4kHz 带宽下测得,其中 0dB 对应整个输出功率。

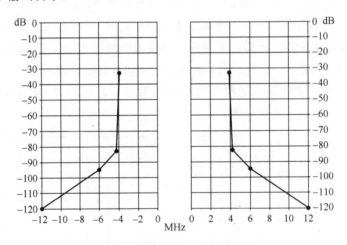

图 2-20　严格条件下的频谱模板

表 2-7　严格条件下谱模板的转折点

相对频率/MHz	频谱/dB	相对频率/MHz	频谱/dB
−12	−120	+3.8	−32.8
−6	−95	+4.2	−83
−4.2	−83	+6	−95
−3.8	−32.8	+12	−120

2.测量框图

频谱特性测量框图如图 2-21 所示。

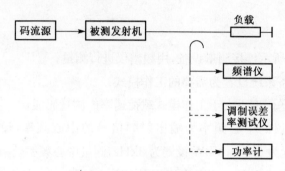

图 2-21　频谱特性测量框图

3.测量步骤

(1)如图 2-21 所示连接测量设备,用频谱仪进行测量;

(2)将被测设备系统设置为需要的工作模式;

(3)码流源发送码率不大于工作模式载荷速率的测试码流;

(4)将发射机的输出耦合信号连接到频谱仪;

(5)设置频谱仪的中心频率为输出射频信号的中心频率,设置频谱仪带宽为 24MHz,RBW 为 4kHz,VBW 为 100Hz,打开平均 100 次;

(6)测量并记录信号的频谱,判断输出信号是否满足 GB 20600—2006 中射频频谱特性的要求。

2.2.11　带内频谱不平坦度

1.指标说明

带内不平坦度是测量在有效带宽内发射机的频率响应特性,定义为工作频段内最大、最小电平之间的差值。数字电视射频信号在频带内希望能够被均匀放大,这就要求有较好的带内平坦度。

线性失真和非线性失真都会对带内不平坦度产生影响,最终影响 BER。

标准要求射频带内频谱不平坦度($f_c \pm 3.591 \text{MHz}$)应在 $\pm 0.5 \text{dB}$ 以内。

2. 测量框图

带内频谱不平坦度测量框图如图 2-21 所示。

3. 测量步骤

(1)如图 2-21 所示连接测量设备,用频谱仪进行测量;

(2)将被测设备系统设置为需要的工作模式;

(3)码流源发送码率不大于工作模式载荷速率的测量码流;

(4)设置频谱仪的中心频率为输出射频信号的中心频率,设置频谱仪带宽为 20MHz, RBW 设置为 3kHz, VBW 设置为 3kHz,测量中心频率处幅度并记为 A_c;

(5)测量带内最大和最小幅度值并分别记为 A_{max} 和 A_{min},带内不平坦度为 A_{min} 与 A_c 的差到 A_{max} 与 A_c 的差。

2.2.12　信号带肩

1. 指标说明

参见 2.1.11 节中的指标说明。标准要求发射机射频输出在偏离中心频率 ±4.2MHz处(在滤波器之前测量)的带肩小于等于−36dB。

2. 测量框图

带肩测量框图如图 2-21 所示。

3. 测量步骤

(1)如图 2-21 所示连接测量设备,用频谱仪进行测量;

(2)应在发射机输出滤波器之前进行取样;

(3)将被测设备系统设置为需要的工作模式;

(4)码流源发送码率不大于工作模式载荷速率的测试码流;

(5)设置频谱仪中心频率为输出射频信号的中心频率,RBW 设置为 3kHz, VBW 设置为 3kHz,测量信号中心频率处信号幅度;

(6)分别测量 $f_c \pm 4.2$MHz 处信号幅度,信号带肩为 f_c 处信号幅度与 $f_c \pm 4.2$MHz处信号幅度的差值。

2. 2. 13　调制误差率

1. 指标说明

参见 2.1.17 节中的指标说明。标准要求发射机的调制误差率大于等于 32dB。

2. 测量框图

调制误差率测量框图如图 2-21 所示。

3. 测量步骤

(1)如图 2-21 所示连接测量设备,用调制误差率测试仪进行测量;

(2)将被测设备系统设置为需要的工作模式;

(3)码流源发送码率不大于工作模式载荷速率的测试码流;

(4)将发射机的输出耦合信号连接到调制误差率测试仪,测量并记录信号的星座图和 MER。

2. 2. 14　标称功率

1. 测量目的

发射机功率放大器的功率指标,严格来讲有标称输出功率和最大瞬间输出功率之分。前者就是额定输出功率,它可以解释为谐波失真且在标准范围内变化、能长时间安全工作时输出功率的最大值;后者是指功率放大器的峰值输出功率,它解释为功率放大器接收电信号输入时,在保证信号不受损坏的前提下瞬间所能承受的输出功率最大值。

2. 测量框图

标称功率测量框图如图 2-21 所示。

3. 测量步骤

(1)如图 2-21 所示连接测量设备,用功率计进行测量;

(2)应在发射机输出端口之后进行取样;

(3)将发射机的输出耦合信号连接功率计,设置功率计的工作频率为测量信号的中心频率,设置带宽为 8MHz,耦合器的耦合量要预先测知;

(4)将被测设备系统设置为需要的工作模式;

(5)码流源发送码率不大于工作模式载荷速率的测试码流;

(6)等待发射机稳定工作 10min 后记录读数,根据耦合量计算信号的带内输出功率。

2.2.15　邻频道内无用发射功率

1. 指标说明

参见 2.1.13 节中的指标说明。标准要求,发射机邻频道内的发射功率与带内发射功率的比小于等于−45dB,满足邻频道内的发射功率小于等于 13dBm。

2. 测量框图

邻频道内的无用发射功率测量框图如图 2-21 所示。

3. 测量步骤

(1)如图 2-21 所示连接测量设备,用功率计进行测量;

(2)将发射机的输出耦合信号连接到功率计,按 2.2.14 节方法测量带内发射功率 P_n;

(3)设置功率计的工作频率为发射机标称工作频率+8MHz,设置带宽为 8MHz,测量耦合器的耦合度;

(4)将被测设备系统设置为需要的工作模式;

(5)码流源发送码率不大于工作模式载荷速率的测试码流;

(6)等待发射机稳定工作 10min 后记录功率计读数,根据耦合度计算上邻频的带内功率;

(7)设置功率计的工作频率为发射机标称工作频率−8MHz,设置带宽为 8MHz;

(8)等待发射机稳定工作 10min 后记录功率计读数,根据耦合度计算下邻频的带内功率;

(9)根据下式计算出邻频道内的发射功率 P_i,上、下邻频道内的功率均应小于 13mW。

$$P_i = 10\lg(P_b/P_n) \quad (\text{dB})$$

式中:P_b 为上、下邻频道内功率的较大值。

2.2.16　邻频道外发射功率

1. 指标说明

参见 2.1.14 节中的指标说明。标准要求,发射机邻频道外的发射功率与带内发射功率的比小于等于−60dB,或满足邻频道外的发射功率小于等于 13mW。

2. 测量框图

邻频道外的发射功率测量框图如图 2-21 所示。

3. 测量步骤

(1)如图 2-21 所示连接测量设备,用功率计进行测量;

(2)将发射机的输出耦合信号连接到功率计,设置功率计的工作频率为发射机标称工作频率＋16MHz,设置带宽为 8MHz,测量耦合器的耦合度;

(3)将被测设备系统设置为需要的工作模式;

(4)码流源发送码率不大于工作模式载荷速率的测试码流;

(5)等待发射机稳定工作 10min 后记录功率计读数,根据耦合度计算出 8MHz 的带内功率;

(6)分别设置功率计的工作频率为发射机标称工作频率±16MHz、±24MHz、±32MHz,设置带宽为 8MHz;

(7)记录上述频道内的功率;

(8)计算带外发射总功率 P_w,带外发射总功率为上述各频率所测得功率的均方根值。

2.2.17　整机效率

1. 指标说明

发射机的总功率 P_A 与其消耗的总功率 P_c 之比称为发射机的整机效率,即整机效率＝P_A/P_c。

该指标衡量发射机功率转换效率。在相同的覆盖效果情况下,发射机整机效率越高,则耗电量越低,运营成本越低。

2.测量框图

整机效率测量框图如图 2-22 所示。

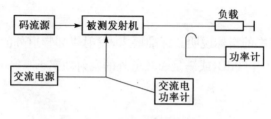

图 2-22　整机效率测量框图

3.测量步骤

(1)如图 2-22 所示连接测量设备；

(2)将发射机的输出耦合信号连接到功率计,设置功率计的工作频率为发射机标称工作频率,设置带宽为 8MHz,测量耦合器的耦合度；

(3)将被测设备系统设置为需要的工作模式；

(4)码流源发送码率不大于工作模式载荷速率的测量码流；

(5)调节发射机正常工作,等待 10min 后记录功率计读数,根据耦合度计算发射机带内发射功率 P_A；

(6)记录交流电源功率计的功率 P_c；

(7)按照下式计算出发射机整机效率

$$整机效率 = \frac{P_A}{P_c} \times 100\%$$

2.3　天馈线系统测量

2.3.1　天馈线系统简介

天馈线系统通过天线向空中辐射电磁波,将发射系统送来的导行波的能量转换成向空间传播的电磁波的能量,从而将信号传送到覆盖区域。天馈线系统是由一个或若干个发射天线单元及一些相应的馈电部件(包括主馈电缆、分馈电缆、功率分配器、移相器、调配器、测试节、接插件等)构成的。

2.3.2　天馈线系统技术指标

天馈线系统技术指标可以参考《电视和调频广播发射天线馈线系统技术指标》(GY/T 5051—1994)和《电视和调频广播发射天线馈线系统技术指标》(GY/T 5052—1994)。测试环境要求有以下几个方面。

(1)场地。为了减小测量误差,要求测试场地是空旷的,附近没有输电线、建筑物、树木等反射或吸收电波的物体存在。还应尽量减小地面反射的影响,要求地面反射波的影响在 1dBμV/m 以内。

(2)基准点。如果测试用的标准天线在基准点前后、上下移动约 $\lambda/2$ 的距离,天线的增益变化在 1dB 以内,那么就认为该基准点是合适的。

(3)最小测试距离。天线必须在满足最小测试距离条件下进行测试。

对于待测天线线长度小于一个波长的天线,要求最小测试距离满足

$$Q \geqslant (3 \sim 5)\lambda$$

式中:Q 为最小测试距离(m),λ 为天线工作波长(m)。

对于待测天线线长度或口径面直径 H 大于或等于一个波长的天线,要求最小测试距离满足

$$Q \geqslant 2H^2/\lambda$$

式中各量的意义和单位同前。

(4)天线架高要求。进行测试时天线架高至少 4m,与收发天线高度相同。

(5)天馈线系统的气密性。在发射机房天馈线系统主馈电缆(不含实芯绝缘电缆)输入端充入 30kPa 气压的干燥空气或氮气,24h 后气压下降数应小于 5kPa。

(6)线缆。同轴电缆的各项指标应符合电子工业部《射频电缆总技术条件》(SJ 1131—1977)的规定。

(7)接插件。天馈线系统所用接插件均用符合《通用硬同轴传输线及其法兰连接器总规范》(GB/T 6643−1986)及《通用硬同轴传输线及其法兰连接器详细规范》(GB 6644−1986)的要求,确保其通用性与互换性。

2.3.3　方向图

1.指标说明

天线的辐射电磁场在固定距离上随空间角坐标(θ,Φ)分布的图形称为天线方向图,用辐射场强值表达的称为场强方向图。

一个发信天线向空间各方向辐射能量的强弱是不相同的。同样,对于同样强度的辐射波,收信天线拾取功率的大小也与电磁波的方向有关。天线方向图用来表示天线的辐射或接收强度随空间方向的对应关系。

在指定平面上,以天线振子中心为原点,绘出许多射径方向的向量,取其长度正比于各射径方向上等距离各点处的场强,将所有向量的末端连结成一条曲线,该曲线就是天线在指定平面上的方向图。为了实用方便,通常取场强最大值为1,其他各方向按最大值的百分数来标注。

电视广播天线的方向性通常以水平面方向图和垂直面方向图来描述,两者均为场强方向图,而且采用归一化数值。

在与大地平行的平面内的场强方向图称为水平面方向图。在特定的水平面角 Φ 上与大地垂直的平面内的场强方向图称为垂直面方向图。

对于电视广播发射天线系统,一般只需要测量水平面和垂直面方向图。

2.测量条件

天线测试场是测试和鉴定天线性能的场所,因为天线辐射的有用电场是远区场,所以要正确测量天线的辐射特性,需要有一个能提供近似均匀的平面电磁波照射被测天线的测试场,或者被测天线辐射同样均匀平面电磁场照射接收天线的测试场。

(1)测试场地的空间。在被测频率±120kHz 内干扰波场强应比被测频率的场强低 30dB。

(2)测试场地附近不宜有输电线及树木等反射物体,除可以利用作为抑制地面反射波的天线支座外,测试场地不宜有高出地面的凸起地形和房屋建筑等反射物体。

1)自由空间测试场

自由空间测试场是一种能够消除或抑制地面及周围环境反射波干扰的测试场。

采用方向性较强、副瓣电平低于主波瓣电平 25dB 的源天线,选择适当的 H_t 和 H_r,使源天线垂直面方向图的第一个零点方向指向被测天线支持塔架底部附近地面,如图 2-23所示,使地面和塔架的反射波不致被被测天线接收,被测天线只接收到源天线的直射波。此时 $H_r \approx D\tan Q$。

图 2-23 中,H_t 为源天线的中心高度(m),H_r 为被测天线的中心高度(m),L_t 为源天线在垂直面高度的尺寸(m),L_r 为被测天线在垂直面高度的尺寸(m),D 为测量距离(m),λ 为工作波长(m)。

2)地面反射测试场

地面反射测试场是一种合理利用和控制地面反射波与直射波干涉的测试场。

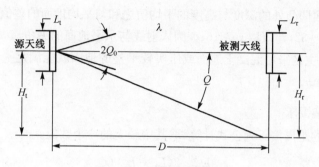

图 2-23　自由空间测试场

地面反射测试场是把源天线与被测天线架在较光滑平坦的地面上,用直射波与地面反射波产生干涉后的方向图主波瓣的最大值对准被测天线(接收)中心,被测天线可接收到一个近似等幅同相的入射场。源天线与被测天线架设高度按下式计算,然后根据计算的源天线垂直面总方向图修正,使被测天线所占空间垂直面上的场强变化不大于 1dB。

$$L_t \leqslant 0.5L_r$$

$$H_t \approx \frac{\lambda D}{4H_r}$$

$$H_r \geqslant 4L_r$$

地面反射测试场的地面应满足如图 2-24 所示的三个区域的要求。

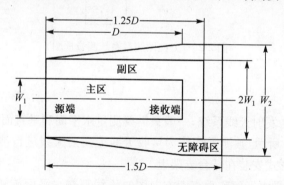

图 2-24　地面反射弧测试场

主区的平滑度为 Δh,副区的平滑度为 Δh 的 2~3 倍。无障碍区内应无障碍物,且满足

$$W_1 \geqslant \sqrt{20\lambda D}$$

W_2 为源天线水平面方向图主瓣零值在距离 D 处的宽度(m),且满足

$$\Delta h \leqslant \frac{\lambda}{w\sin\Phi}$$

式中:Δh 为地面凹凸处的深度与高度的平均值之和与平均地面的差值;w 为平面滑度系数,一般为 8~32,建议取 $w \geqslant 16$;Φ 为入射线与水平地面的夹角,$\Phi \leqslant 14°$。

经验证明,主区采用混凝土地面或压实较平整的地面就能满足一般测量要求,不需要严格计量 Δh。

3)测量距离要求

两天线间的距离按下列公式计算,取其中较大的一个数值。

$$D \geqslant 2(L_t + L_r)/\lambda$$
$$D \geqslant 10\lambda$$

3. 测量框图

方向图测量系统测量框图如图 2-25 所示。

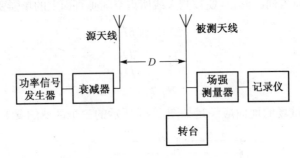

图 2-25　方向图测量系统测量框图

4. 测量步骤

对于电视广播发射天线系统,一般只需要测量水平面和垂直面方向图。

(1)如图 2-25 所示,被测天线作为接收天线或发射天线进行测量,天线系统应按实际使用的组合形式安装在转台支架上。

(2)为了在测量水平面和垂直面方向图时天线都在水平面旋转,天线应按测量需要竖放或横放在支架上,同时还应保持被测天线与源天线的极化方向一致,即水平极化发射,水平极化接收;垂直极化发射,垂直极化接收。接收天线位置宜放在源天线(发射)最大辐射方向上。

(3)调整记录仪走笔速度和记录量程,使其与转台转速和场强仪输出电平相配合,然后分别测量水平面和垂直面方向图。转台与记录仪之间应有同时记录电平与旋转度数的指示系统。在测量中,要求源天线的输入功率保持不变。

注:无自动记录仪设备时,可用人工旋转转台逐点测量,测量点密度和范围以能准

确地绘出被测天线的方向图为原则。总尺寸较大的天线系统可以测量其中的天线单元、缩尺模型或部分天线单元组合后的方向图,然后用理论的天线阵方向图公式计算总方向图。

2.3.4　方向保护性

1. 指标说明

方向保护性是指最大正向增益和最大旁瓣之比。它可以衡量一个天线的正向辐射能力。

方向保护性越强,正向辐射功率越大,旁瓣的功率越小,旁瓣的功率泄漏和对其他功率的干扰就越小。

2. 测量框图

方向保护性测量框图如图 2-25 所示。

3. 测试步骤

(1) 如图 2-25 所示,被测天线作为接收天线或发射天线进行测量,天线系统应按实际使用的组合形式安装在转台支架上。

(2) 为了在测量水平面和垂直面方向图时天线都在水平面旋转,天线应按测量需要竖放或横放在支架上,同时还应保持被测天线与源天线的极化方向一致,即水平极化发射,水平极化接收;垂直极化发射,垂直极化接收。接收天线位置宜放在源天线(发射)最大辐射方向上。

(3) 调整记录仪走笔速度和记录量程,使其与转台转速和场强仪输出电平相配合,然后分别测量水平面和垂直面方向图。转台与记录仪之间应有同时记录电平与旋转度数的指示系统。在测量中,要求源天线的输入功率保持不变。

(4) 整理得到方向图,在此基础上计算方向保护性。

2.3.5　阻抗

1. 指标说明

天线输入端信号电压与信号电流之比,称为天线的输入阻抗。输入阻抗具有电阻分量 R_{in} 和电抗分量 X_{in},即 $Z_{in} = R_{in} + jX_{in}$。电抗分量的存在会减少天线从馈线对信号功率的提取,因此,应使电抗分量尽可能为零,也就是尽可能使天线的输入阻抗为纯电阻。实际上,即使是设计、调试得很好的天线,其输入阻抗中总含有一个小的电抗分量值。

天线与馈线的连接,当天线输入阻抗和馈线的特性阻抗不一致时,产生的反射波和入射波在馈线上叠加形成驻波。最佳情形是天线输入阻抗是纯电阻且等于馈线的特性阻抗,这时馈线终端没有功率反射,馈线上没有驻波。过大的驻波比会减少发射站的覆盖并造成系统内干扰加大,影响发射站的服务性能。天线的输入阻抗随频率的变化比较平缓。

2. 测试框图

如图 2-26 所示,采用网络分析仪测试天馈线阻抗。

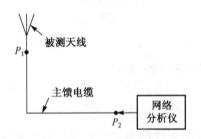

图 2-26　网络分析仪测试反馈阻抗

3. 测量方法

(1) 按图 2-26 连接好测试系统;

(2) 正确设置好网络分析仪,使其工作在阻抗测试模式下;

(3) 改变频率范围,记录对应的阻抗值。

注:使用阻抗仪进行测量,要求仪器具有足够宽的频率覆盖范围,阻抗测量误差不大于±5%,且当被测阻抗为 75Ω 附近时,测量误差不大于±3%。

2.3.6　驻波比

1. 指标说明

在广播电视天馈线系统中,如果天线与馈线的阻抗不匹配或天线与发射机的阻抗不匹配,高频能量就会产生反射折回,在馈线上产生电压驻波。描述驻波一般用反射系数、行波系数、驻波比和回波损耗(return loss)4 个参数。这 4 个参数之间有固定的数值关系,使用哪一个,一般出于习惯。通常使用较多的是驻波比和回波损耗。

在入射波和反射波相位相同的地方,电压振幅相加为最大电压振幅 V_{max},形成波腹;在入射波和反射波相位相反的地方电压振幅相减为最小电压振幅 V_{min},形成波节。其他各点的振幅值则介于波腹与波节之间。电压驻波比是驻波波腹处的电压幅值 V_{max} 与波节处的电压幅值 V_{min} 之比,即

$$VSWR = V_{max}/V_{min}$$

VSWR 是射频技术中最常用的参数,用来衡量各工作部件之间的匹配是否良好,是衡量天馈线系统是否高效工作的一个重要参数。如果 VSWR 的值等于 1,则表示发射传输给天线的电波没有任何反射,全部发射出去,这是最理想的情况。如果 VSWR 值大于 1,则表示有一部分电波被反射回来。电压驻波比越大,表示传输线上所含的驻波成分越多,也就是反射波越大。

VSWR 的理想值是 1。如果 VSWR 的值过高,那么会降低发射机系统的工作效率,有时甚至会给发送设备和天线馈电系统带来很大危害。

(1)降低发射效率。VSWR 值过高,说明天馈线中反射波的成分多,发射机的输出功率相当一部分被反射回来而没有由天线发射出去,因而降低了发射机的发射效率。

(2)损坏发送设备。VSWR 过高,反射的功率大,易使发送设备产生自激或过载。虽然现代发射机都设计有失谐保护功能和 VSWR 保护措施,即当 VSWR 过高时会启动设备的保护措施自动降低发射功率,但有时过高的 VSWR 仍会损害发送设备。

(3)损坏天馈线系统。当 VSWR 值很高时,反射波在天线和发射机之间来回反复,其中有一部分能量转化为热能损耗了,这一部分热量增加了馈线对热损耗的承受能力,会产生破坏作用。在特殊的情况下,很高的 VSWR 会使高电压在馈线的连接处产生电弧,特别是在连接点接触不好和长久失修生锈的地方。电弧若穿过馈线绝缘体的连接处或绞合处,则会降低该处的耐压参数,该地方以后会被更低的电弧击穿,因而很高的 VSWR 会破坏天馈线系统的技术指标,减少天线系统的使用年限。

2.测试条件要求

被测天线应放在室外空旷场地或无反射室内进行测量。

被测天线周围一定距离内不能有大的反射物体。以被测天线为中心,在任意角度方向上,大反射物体与天线任意点的距离 S 应满足下面两个条件

$$S \geqslant 2.4 \times G_d \times f_2(\theta, \psi) \times \lambda$$

$$S \geqslant 0.8 \times b$$

式中:G_d 为被测量天线的相对增益系数;(θ, ψ) 为从天线主瓣方向算起的仰角和方位

角；$f_2(\theta,\psi)$为天线处在θ、ψ角时所感应的电压与$\theta=0°$、$\psi=0°$（即主瓣方向）时感应电压的比，即归一化方向性函数；λ为波长(m)；b为被测量天线的最大尺寸(m)。

被测量天线的馈线和它的支撑安装附件均应按产品标准或使用说明书中规定的位置放置。若无规定，则应将它们放在对天线性能影响最小的位置上，并避免由于反射物体多次反射而引起的谐振效应。

3.网络分析仪测量

1)测量框图

使用网络分析仪测量驻波比的框图如图 2-27 所示。

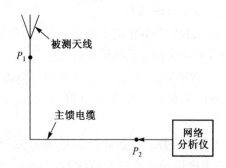

图 2-27　使用网络分析仪测量驻波比

2)测试步骤

天馈线系统驻波比分别在天线系统输入端和机房内主馈线输入端两处进行测量，测量仪器的阻抗应与天馈线系统标称阻抗一致。

(1)如图 2-27 所示完成网络分析仪与天馈线系统的连接；

(2)正确设置和使用网络分析仪；

(3)读出驻波比读数并记录下来。

4.频率特性测试仪测量

1)测量框图

使用频率特性测试仪测量驻波比的框图如图 2-28 所示。

2)测量步骤

(1)如图 2-28 所示连接好设备和仪器。

(2)用标准电阻检测测试线的残留驻波比。测试线一端接仪器，另一端开路或短路。

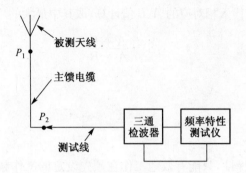

图 2-28　使用频率特性测试仪测量驻波比

此时,仪器显示出如图 2-29 所示的波形,调节仪器 Y 增益,使波形的幅度满刻度,波形的峰、谷的两包络线间宽度为 A。如果两包络线互相不平行时,则可取数个不同的 A 值。

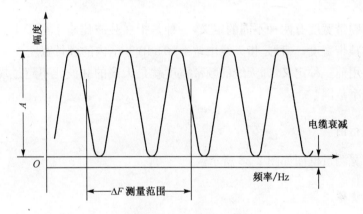

图 2-29　标准电阻测试波形

　　(3)保持仪器工作状态不变,将测试线连接天线系统输入端 P_1 或主馈线输入端 P_2。仪器显示出如图 2-30 所示波形,波形峰、谷的两包络线间宽度为 B。如果 B 出现不同宽和两包络不平行时,则可取数个不同的 B 值。

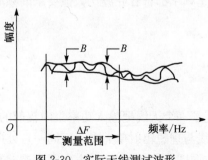

图 2-30　实际天线测试波形

(4)驻波比按下式代入相对应的 A、B 值计算,取其中最大的一个值作为测量结果:

$$S = \frac{A+B}{A-B}$$

2.3.7　工作带宽

1. 指标说明

天线具有频率选择性,只能有效地工作在预先设定的工作频率范围内。带宽是用来描述天线处于良好工作状态下的频率范围。在工作频带宽度内的各个频率点上,天线性能是有差异的,但这种差异造成的性能下降是在允许容限内,是可以接受的。一般全向天线的工作带宽能达到工作频率的 $3\%\sim5\%$,定向天线的工作带宽能达到工作频率的 $5\%\sim10\%$。

天线的频带宽度有两种不同的定义,一种是指在驻波比小于等于 1.5 的条件下,天线的工作频带宽度;一种是指天线增益下降 3dB 范围内的频带宽度。

本书采用前一种定义,即天线的频带宽度就是天线的驻波比不超过规定值时,天线的工作频率范围。

2. 测试框图

工作带宽测量框图如图 2-28 所示。

3. 测试步骤

(1)如图 2-28 所示完成网络分析仪与天馈线系统的连接;

(2)正确设置和使用网络分析仪,进入驻波比测量模式;

(3)调整测量频率范围;

(4)测量频率范围内的驻波比数值;

(5)从起始频率到终止频率都符合驻波比数值要求的频率范围为工作频率宽度。

2.3.8　增益

1. 指标说明

天线增益定量地描述了一个天线把输入功率集中辐射的程度,其定义为在输入功率相等的条件下,实际天线与理想辐射单元在空间同一点处所产生的信号的功率密度之比。增益显然与天线方向图有密切的关系,方向图主瓣越窄,副瓣越小,增益越高。

表征天线增益的参数有 dBd 和 dBi 两种。当理想辐射单元为全方向性天线时采用 dBi；当理想辐射单元为半波对称振子时天线采用 dBd。dBd 和 dBi 的转换关系为 0dBd＝2.14dBi，如图 2-31 所示。

半波对称振子方向图　　　　全方向性辐射源　　　　对称振子增益

图 2-31　dBd 与 dBi 关系

如果用理想的无方向性点源作为发射天线，需要 100W 的输入功率，而当用增益为 $G＝13dB$（20 倍）的某定向天线作为发射天线时，输入功率只需 $100/20＝5W$。换言之，某天线的增益，就是与无方向性的理想点源相比，其最大辐射方向上输入功率的放大倍数。

提高增益主要依靠减小垂直波瓣宽度，而在水平面上保持全向的辐射性能，如图 2-32所示。天线的主瓣波束宽度越窄，天线增益越高。对于一般天线，可用下式估算其增益

$$G = 10\lg\left(\frac{32000}{2\theta_{3dB,X} \times 2\theta_{3dB,Y}}\right) \quad (dBi)$$

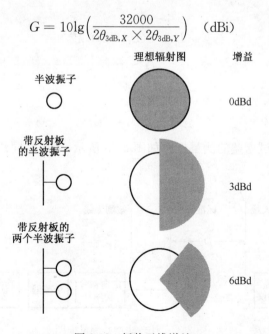

图 2-32　板状天线增益

式中:$2\theta_{3dB,X}$ 与 $2\theta_{3dB,Y}$ 分别为天线在水平和垂直方向的半功率波瓣宽度,32000 是统计出来的经验数据。

2.测量要求

增益测量应在室外测量场地上进行,并应尽量避免各种无线电干扰。测量场地应尽量开阔,附近不应有电力线、电话线、高大建筑物等反射物体。除可以利用作为抑制地面反射波的天线支座外,测试场地不宜有高出地面的凸起地形、房屋建筑等反射物体。

测试场地的空间,在被测频率 $\pm120kHz$ 内干扰波场强应比被测频率的场强低 30dB。

1)测试场要求

具体要求参见 2.3.3 节对测试场的要求。

2)测量距离要求

测量天线的方向图和增益,两天线间的测量距离按以下公式计算,取其中较大的一个数值

$$D \geqslant 2(L_t + L_r)/\lambda$$

$$D \geqslant 10\lambda$$

3.测量平台

采用比较法测试增益的测量框图如图 2-33 所示,采用相同法测试增益的测量框图如图 2-34 所示。

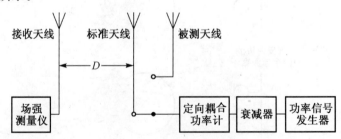

图 2-33　比较法增益测量框图

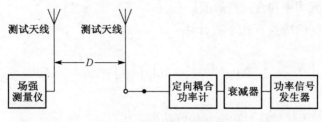

图 2-34 相同法增益测量框图

4. 测量步骤

1) 比较测量法

采用比较法测量天线系统增益,如图 2-33 所示。被测天线与已知增益的标准天线比较,得出被测天线的增益。

(1) 如图 2-33 所示连接测试设备,测量时,先后把被测天线和标准天线接到信号源;

(2) 调整系统,使被测天线和标准天线接到信号源。在两种连接的情况下,两天线同样对准接收天线且匹配良好,驻波比不大于 1.1;

(3) 分别调节可变衰减器,使测试接收场强测量仪保持在一个合适的固定电平指示上;

(4) 分别记录在标准天线和标准天线的情况下使用输入功率和衰减器的值。

(5) 天线系统的增益按下式计算

$$G = G_s + L_k - L_s - 10\lg \frac{P_k}{P_s}$$

式中:G_s 为标准天线相对于半波振子的增益 (dB);L_k 为连接被测天线时,衰减器读数 (dB);L_s 为连接标准天线时,衰减器读数 (dB);P_k 为连接被测天线的输入功率 (W);P_s 为连接标准天线的输入功率 (W)。

2) 两相同天线法

采用形式完全相同的两个天线测量增益。两天线一个为源天线,另一个为接收天线,它们的极化和阻抗匹配,且满足远区条件。

(1) 如图 2-34 所示连接测试设备;

(2) 调整系统,使系统驻波比不大于 1.1;

(3) 分别调节可变衰减器,使测试接收场强测量仪保持在一个合适的固定电平指示上;

（4）记录输入功率和衰减器的值；

（5）天线系统的增益 G 按下式计算

$$G = \frac{1}{2}\left[20\lg\left(\frac{4\pi D}{\lambda}\right) - 10\lg\left(\frac{P_o}{P_i}\right) - 2.15\right] \quad (\text{dB})$$

式中：P_o/P_i 为源天线的辐射功率与接收功率之比。

为了消除由于天线制造原因引起的测量误差，可把源天线与接收天线互换，再测一次，取增益的平均值。

2.3.9　功率容量

1. 指标说明

天线包括匹配、平衡、移相等其他耦合装置，其所承受的功率是有限的。天馈线系统的功率容量是指天馈线系统承受功率的能力。功率容量在高平均电平时受到金属或介质发热的限制，而在高峰值功率电平时则受到与强电场有关的电弧放电、电压击穿或放电的限制。

2. 注意事项

（1）功率击穿与气压有密切关系，在不同的海拔和气压条件下的测试结果不同。采用海平面的测试数据外推是不可靠的。

（2）与发射系统的配置参数密切相关。

（3）天馈系统是否有毛刺、脏污、金属碎屑、锈蚀等，这些也会影响功率击穿。

3. 测试平台

功率容量测量系统框图如图 2-35 所示。

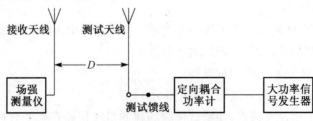

图 2-35　功率容量测量框图

4.测试步骤

(1)如图 2-35 所示连接测试系统；

(2)检查天馈线系统是否有杂质或者损伤；

(3)在天馈线关键部位涂上温度敏感涂料或者安装温度传感器,进行温度监测；

(4)记录海拔和气压；

(5)打开大功率信号发生器；

(6)提升发射功率,连续监测天馈线温度和发射功率,记录测试数据；

(7)出现击穿等现象时立即停止当前功率发射。

第 3 章　信号覆盖测量

地面数字电视广播信号覆盖测量用于测量地面数字电视广播网络覆盖效果,评估覆盖的客观质量,为网络优化提供依据。2008 年 10 月 16 日,国家广播电影电视总局发布了中华人民共和国广播电影电视行业标准《地面数字电视广播信号覆盖客观评估和测量方法第 1 部分:单点发射室外固定接收》(GY/T 238.1—2008),该标准规定了符合 GB 20600—2006 的地面数字电视广播系统,单点发射室外固定接收信号覆盖质量的客观评估和测量方法。本章参考 GY/T 238.1—2008 的内容,介绍地面数字电视广播信号覆盖测量方法,包括固定点测试和移动路线测试。

3.1　现　场　测　试

3.1.1　现场测试介绍

在现实环境中,信号会受到许多因素的影响。例如,不同地区、不同时间、不同天气和采用不同天线将收到不同强度的信号,而信号还会受到动态多径和多普勒频移的影响。现场开路测试就是通过发射机发送一定功率的测试信号,经过无线传输后,由接收机在具有典型特征(城市、郊外和农村)的不同地点(含室内和室外)进行固定点接收测试,或者在多条路径上(含车辆能高速行驶的路段)进行移动接收测试。

在现场测试中的测试内容包含以下几个方面。

(1)在多个固定地点(室内和室外)接收数字电视节目,评价其效果。为测试覆盖范围,需要在距离发射塔不同直线距离的地点接收测试节目信号。出于代表性的考虑,选择地点时应兼顾室内和室外、不同高度和密度的建筑物群落、不同居民密度的地区。

(2)沿多条路线,在移动中接收数字电视节目,评价其效果。为测试覆盖范围,需要在距离发射塔不同距离的地点接收测试节目信号。出于代表性的考虑,选择路径时应兼顾车速较高和较低的路段、各种类型建筑物群落。

现场测试主要依赖对接收图像和声音质量主观判据来测试,同时记录接收信号的场强和频谱。其中在固定点测试时需测试接收机端功率裕量;在移动测试时需记录位置、车速等信息(如有条件,可记录误码秒数)。

《Guidelines and techniques for the evaluation of digital terrestrial television broadcasting systems》(ITU BT. 2035—2)中对现场测试进行了明确的规定。

3.1.2 现场测试内容

现场测试不同于实验室测试,测试的主要内容包括以下几个方面:

(1)确认环境变化对系统性能的影响;

(2)测量服务范围和覆盖范围;

(3)收集、改进数字电视系统性能的数据;

(4)评估数字电视系统不同工作模式的性能;

(5)评估不同数字电视系统的性能。

通过这个测试,不仅可以与其他组织、地区或者不同时间进行的测试结果进行对比,还可以很好地掌握系统在不同情况下的性能。系统性能对比包括:

(1)对比不同发射系统的性能;

(2)对比数字和模拟系统的性能;

(3)对比不同的发射机和接收机的性能;

(4)对比不同时代接收机性能;

(5)对比不同环境下的性能;

(6)测量服务范围和覆盖范围;

(7)收集、改进数字电视系统性能的数据;

(8)评估数字电视系统不同工作模式的性能。

1. 覆盖测试

覆盖测试是用来测量对于某一个给定的发射机在不同地点的实际测量场强。覆盖测试有两个目的:①确认发射天线工作性能正常;②为频率规划和覆盖预测提供参考数据。

覆盖测试使用标准的偶极子天线,放置在距离地面 10m 高度来测量,这一方法被全世界用来测量覆盖、发射天线方向图、提供覆盖分布参数等。在实际操作中,也可以使用八木天线通过修正系数来测量。

覆盖测试可以沿发射台射线方向,按不同的角度、栅格、扇区等不同方式进行。大量的测试数据能帮助了解覆盖情况。而日常业务中,也可以通过对部分点的测试来掌握发射系统是否工作正常,覆盖区的信号是否受到干扰和影响的情况。

2.服务测试

服务测试是用来确认数字电视系统是否可以被正常地接收解调。与覆盖测试不同,服务测试更关注于在测试点能否正常地接收到信号,如果可以接收,则需要对信噪比、接收裕量、误码率等进行测量。由于受到外界的各种干扰,服务测试比覆盖测试要复杂很多,而且并不一定能够完全重复。覆盖测试更多地体现了发射机、天线、电缆连接等设备的性能,而服务测试更关注接收的效果。由于单频网、多径干扰、噪声干扰等原因,会出现信号在覆盖测试时场强很好但是接收机却不能正常接收的情况。因此,服务测试与用户更直接相关。在数字电视系统开路测试中绝大部分进行的都是服务测试。

3.工作模式

地面数字电视广播系统接收包括 5 类工作模式,如表 3-1 所示。在进行测试时一般选择这 5 种中的一种。

表 3-1　接收模式

模式 ＼ 接收环境	室外	室内
固定	固定	固定
低速移动	步行	便携
高速移动	移动	手持

各种模式的说明如下。

(1)固定接收:固定接收一般定义为不可移动的天线和接收机,天线可包括屋顶的室外天线或者室内固定的天线。

(2)步行接收:步行接收定义为接收机移动速度不超过 5km/h,这种移动一般表示步行或者手持终端的短时间的偶然移动。

(3)移动接收:移动接收的移动速度一般大于 5km/h,这种移动速度要比步行的速度快。

(4)便携接收:便携接收是指内置接收终端的接收器,但是在接收的过程中不移动。

(5)手持接收:手持接收终端内置低增益天线,接收终端在接收过程中移动,这是最恶劣的一种接收模式。

3.1.3 测试信号

1.在线服务节目信号

在线服务节目信号是指在测试时直接使用发射台正常播出的节目信号或者用一个重复播放的测试节目序列。如果使用测试节目序列,那么要注意节目切换应无缝。测试者通过在现场观测图像、声音的恶化或者马赛克来判断服务性能。这种测试只能使用可视门限(Threshold Of Visibility,TOV),而且因为测试人员的影响,同样的条件下测试结果会有所不同。但是该测试方法简单、易行且不需要进行特别的申请,可以在不影响播出的情况下进行测试。

2.非服务节目信号

非服务信号用于客观测试。在测试中使用的码流非图像信号,而是使用 PN 序列(一般使用 2^{23}-1)作为调制器的输入。在接收机端通过测量这个 PN 序列的误码率可以得到精确的系统误码性能。使用 PN 序列可以得到精确的客观数据,但是由于其测试需要使用专门的测试仪器,而且会中断正常业务,所以一般不作为电视台的测试方法。

3.1.4 测试天线

1.覆盖测试天线

覆盖测试使用的天线在使用前必须置于地面 10m 高度与偶极子天线进行校准。在通常测试时,接收天线按照与发射天线相同的极化方式正对发射塔。但是在服务测试中,有时候最佳接收方向未必是正对发射塔。在测试报告中必须对测试天线的类型和增益予以说明,同时也应记录天线的方向。

2.服务测试天线

服务测试的天线可以使用专业天线或者业余家用天线,使用何种天线取决于测试目的。服务测试使用的天线应该便于拆卸和移动,测试时测试天线可以安装指向最大信号场强或者最佳接收的方向。服务测试使用的天线包括:

(1)室外固定接收测试时天线。应安装在距离地面 10m 以上,方向可以不是最优的,但是必须在测试报告中予以记录。

(2)室内接收天线。一般是普通民用天线,固定在某个位置。需要在距离地面1.5m处与偶极子天线校准增益和方向图。测试时天线的指向可以不是最佳方向,但是必须在测试报告中记录下来。由于天线的性能可能受到室内环境较大的影响,因此在测试时必须控制测试环境,让测试人员都固定不移动。

(3)便携接收天线。一般都是普通消费品。在设计时可以设计为全向的或者带有一定指向性。需要在距离地面 1m 处与偶极子天线校准增益和方向图。测试时天线的指向可以不是最佳方向,但是必须在测试报告中记录下来。

(4)步行接收天线。可以认为随机非线性增益很低或者几乎无增益。如果可能,需要在距离地面 1m 处与偶极子天线校准增益和方向图。测试时天线的指向可以不是最佳方向,但是必须在测试报告中记录下来。

(5)移动接收天线。一般是无方向性的,安装在移动车辆的固定位置来获得最大信号电平。如果可能,需要与偶极子天线校准增益和方向图。在移动接收时一般不考虑天线的方向性。

(6)手持式接收天线。与步行接收天线相同,可以认为随机非线性增益很低或者几乎无增益。如果可能,需要在距离地面 1m 处与偶极子天线校准增益和方向图。一般认为,手持接收时天线的增益和方向都不是最优的。

3.1.5　测试时间

测试时间根据需要分为几类,季节性(数月或者数年)、较长时间(几天或者数月),长时间(几分钟或者小时)、短时间(几秒到分钟)和非常短时间(几秒或者不到 1 秒)。不同的测试目的需要使用不同的测试时间。

(1)覆盖测试。覆盖测试一般持续的时间比较短。对于固定的长时间的测试(小时、天、月甚至年)可以提供环境、季节以及日夜变化对覆盖的影响。

(2)服务测试。服务测试的一般测试时间为 5min,在 5min 内完成多径或者信号场强的测试。

3.1.6　信道特性记录

信道特性的记录根据存储设备的性能而定,一般只需要测量短时间的性能但不少于 20s。

3.1.7　测试点

在开始开路测试之前必须准备好测试点。应该准备好书面的文档,列出测试点的准确坐标、地址、周边建筑物、植被、气候条件。这样可以便于测试人员便捷准确地找到测试点。

3.1.8　测试校准

在进行开路测试之前和结束时,都必须对发射系统和接收系统进行校准以便确认它们工作正常。在测试开始之前,必须对发射机的功率进行校准。如果可能,在测试时监视发射机的信号。如果在测试中发现发射机信号有较明显的变化,则应该立即停止测试并检查系统。

3.1.9　测试记录文档

测试的记录文档将极大地方便事后的数据处理和分析。在制定测试记录表格时需要考虑这些数据今后如何使用,哪些需要被事后分析。如果要与其他测试进行对比,需要考虑其他测试所记录和分析的数据。根据需求,拟定相关的测试记录表格,这些记录表格可以作为最终报告的附录。在通过/不通过测试中,需要能够在连续的一段时间内均可成功地接收,这样才能判断通过。连续时间一般至少为 5min。在测试中,不管最终系统是否通过了测试,都需要对相关数据进行详细的记录以便事后分析或者进行对比。

3.1.10　测试装置和配套设备

虽然测试的目的和内容不同,但是这里还是给出了进行开路测试所需要的主要设备和配套装置以及对它们的基本要求:

(1)功能框图。功能框图可以清晰地指示信号的流程。功能框图必须在测试报告中描述。

(2)工作电平的动态范围。信号电平动态范围和测试装置的噪声系数应该被记录并在报告中描述。

(3)天线。不论采用什么样的天线,都必须在使用前对天线的性能进行检查和校准,并在测试报告中描述。

(4)信号传输网络。信号从天线到测试设备之间可能经过电缆、放大器、滤波器、衰减器、功分器、开关等,它们都可能影响系统的性能,都应该在测试之前进行校准。

(5)接收机。由于接收机的性能差异对测试结果有明显的影响,因此在服务测试中使用的接收机必须要说明清楚并提供校准测试数据文档。

(6)其他测试设备。测试中使用的其他测试设备都应该在测试报告中列出,并提供其相应的技术性能文档证明。

图 3-1 所示为一个简化的室内、室外开路测试系统框图。

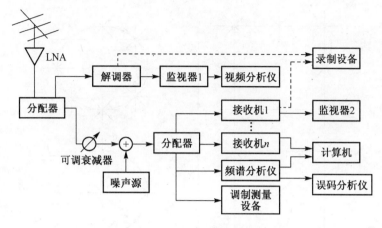

图 3-1　开路测试系统框图

这个框图里面的设备可以安装在一个测试车内。通常,设备被安装在车内的机架上,车上装置有高度可伸缩天线,其高度可伸展到 10m。如果为了评估便携、步行接收的特性,也可以使用高度 1.5m 的非方向性或者低增益天线。在选择设备时,以满足测试要求的性能指标作为参考依据。考虑到供电、体积等原因,在选择设备时尽可能选择低功耗、小体积设备,优选能够使用内置电池供电的设备。

3.2　覆盖测试流程

覆盖测试是进行无线网络监测和研究的重要手段。下面给出了进行覆盖测试的方法和流程。覆盖测试主要进行的是开路的场强测量,并不进行误码率(BER)的测量。

1. 简介

覆盖测试是使用仪器准确测量数字电视信号的强度。常见的方法是在规划点进行测试并在必要的时候增加扇区测试或者 30m 移动测试。

扇区定义为一个初始测试点以及它周围的一定距离范围内的其他至少 4 个测试点,如图 3-2 所示。最初测试点应该是中心点。

一般来说,扇区测量需要在 9 个波长地区的至少 5 个点来获得完整的数据。如果在同一地点要测试不同的频率,那么建议扇区测试的区域取 9m²(3m×3m)。推荐的测试点选取方式如图 3-2 所示。这种测试一般在需要对某一个点的覆盖进行深入研究的时候才进行。

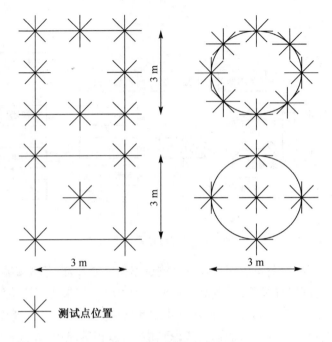

图 3-2　扇区测试法示意图

　　如果有障碍物阻碍了扇区测试的进行,那么可以用 30m 移动测试来替代。该测试是将位于地平面以上 10m 的天线沿着某一个直线方向来回移动 30.5m(共 61m)。记录在距离中心点 61m 以内的 5 个固定点的最小场强,最好能够在移动中记录连续的场强数值。

　　需要注意的是,扇区法和 30m 移动法都是在测试点接收天线收到的最强信号方向与发射塔方向不同的情况下使用的。在这个时候,应该记录天线朝向发射塔的场强以及指向最强信号场强角度时的场强。

2.天线高度

在进行地面数字电视覆盖测试时,要求接收天线位于地平面以上 9.1m。

3.安全性

在进行开路测试时必须注意天线、桅杆、同轴电缆、馈线等的安全,要防止被电击或者物体坠落。因此,在测试时选择测试点要避开高压线、陡坡、表面湿滑地区、强风、雷暴以及其他一些容易引起人工或者自然灾害的地区。

在测试之前一定要对测试人员进行安全培训。

4.测试条件

在进行测试时,气候条件必须与预期的服务条件和环境类似。不应该在气候极端的条件下进行测试。

5.场地测试设备

场地测试设备包括以下两类。

(1)必备设备:这些设备是测试时不可缺少的。

(2)可选设备:这些设备可以根据测试者的需求增加,便利于测试的开展但不是测试必要的。

1)必备设备和要求

为了便于测试,建议所有的测试设备安装于测试车内,测试车配置可升降的桅杆,其升降高度不低于 10m。馈线长度不低于 30.5m(考虑到 30m 移动测试的需要)。必备的设备和操作如下:

(1)UHF 或 VHF 校准参考天线;

(2)阻抗匹配网络(如果在阻抗不匹配的情况下);

(3)对从天线到达测试终端的信号分配网络的校准;

(4)对测量设备的校准;

(5)GPS 接收机;

(6)频谱分析仪,该设备应该具备存储屏幕显示、信道功率、RMS 功率监测等功能;

(7)数字电视接收终端;

(8)噪声发生器。

2)可选设备

可选设备或操作包括:

(1)误码测试仪;

(2)其他信号分析装置,如 MER 分析等;

(3)数据采集和存储装置,如信号记录仪;

(4)数码照相机;

(5)高度校准装置;

(6)天线角度测量装置;

(7)气压计;

(8)接收信号裕量测量装置。

6.测试数据

在测试过程中应该记录测试数据,包括以下两个方面。

(1)必要数据。在测试中必须记录下来的,包括:①场强(最小读数、最大读数和平均读数)(dBμV/m);②同发射塔的距离和方位;③测试点的海拔;④测试的日期、时间以及测试时的天气、地形、交通状况;⑤最佳接收和最大场强的天线方向和天线安装结构的垂直方向角度;⑥测试相关设备和系统的详细描述,包括设备制造厂家、序列号、校准日期等;⑦覆盖测试的框图;⑧校准检验测试的日期、时间、环境以及测试结果。

(2)可选数据。①在天线处于最佳接收角度和最大场强角度时系统达到 TOV 门限的 C/N 值。在开路测试中,如果采用视频节目流,则判决门限定义为对一个受到训练的测试码流在 2min 内看不到图像的不理想情况;如果采用 PN 序列测试,则定义 1min 内 BER 达到 $3×10^{-6}$ 作为门限;②系统裕量,即输入信号在达到判决门限前的衰减量;③测量距离不同天线角度下的频谱,分别记录在 9MHz 和 20MHz 不同带宽下的频谱。

7.测试点选择

为了准确评估性能,必须收集足够多的测试点的信号。一般来说,30～100 个点是必要的,更多的测试点能更加准确地反映覆盖情况,但是也会带来更大的工作量。测试点的选择可以按照多种方法进行。

(1)在地图上从发射点开始,按照辐射方式以一定的角度和距离进行分割。测试从距离发射塔 3km 开始,按照不大于 3km 的距离沿着辐射方向向远处测试。这种方法至少应该测量 8 条辐射路径上的点,每条辐射路径的角度间隔不应大于 20°。

(2)根据业务覆盖的需要,根据人口密集程度来选择相关的测试点。

(3)按照现有的模拟电视接收效果反馈选择测试点。

3.3　服务测试流程

服务测试不同于覆盖测试,需要测量信噪比、接收裕量、多径等内容。一般来说,服务测试的点数要少于覆盖测试。

1.测试方法

服务测试一般用来模拟用户实际接收的效果。不同接收模式下的测试内容如下。

(1)固定接收。固定接收包括室内和室外两种测试。室外测试跟覆盖测试的流程类似,但是扇区测试和 30m 移动测试都不是必需的了。在这个测试中,需要记录接收机能够正常解调的方位临界值。通过测量接收天线的不同方位可以确保接收能够找到合适的工作点。室外固定接收测试一般希望能够测试 30～100 个点。室内固定接收点中至少要有 20% 的测试点的场强较高并且具有较好的室外接收。测试应该把天线放置在 1.5m 处,位置要与现有的模拟天线位置相同。室内固定接收测试还应该模拟一些典型接收环境。例如,附近人员的可控的移动,家用电器如搅拌器的运行等。测试现场情况需要进行准确的记录。

(2)便携接收。一般可以用与室内固定接收相同的点来进行便携接收。便携接收时需要记录的重要信息包括测试点的描述和天线的指向情况。室内固定接收测试还应该模拟一些典型接收环境。例如,附近人员的可控的移动,家用电器如搅拌器的运行等。测试现场情况需要进行准确的记录。

(3)步行接收。室内接收的周围区域可以用于步行接收的测试点,一般要求测试点不少于 20 个。测试中需要注意把接收机处于类似实际接收环境中。

(4)移动接收。移动接收的路径长度应该不低于 10km。在移动测试路径中每段(一般为 1km)都应该记录其多径、模拟干扰、交通情况和其他障碍物等信息。如果可能,在测试路径上的每段都记录其信道特性。在测试路径上还应该测试在移动状况下的信号,重新捕获特性。

(5)手持接收。通常可以用移动接收的线路来测试手持接收。测试路径最短不低于 10km。可以使用步行接收时使用的天线。

2. 测试周期

测试周期的选择必须与测试的环境和场合相关。通常开路测试中选择 5min 作为测试周期。

对于不同的要求,可以选择不同的测试周期。例如,观察飞机抖动的影响可以采用 1min 为测试周期;观察树叶被风吹动对接收的影响可以采用 20min 为测试周期;观察交通变化的影响可以采用 10min 为测试周期。对于测试中发现的与通常情况不相同的现象,应该延长测试时间并进行记录。

3. 天线

在进行不同的接收模式测试时应该选择不同的天线,天线一般与普通用户的天线类似,极化方向应该与发射天线相同。

4. 功能检查

在进行开路测试时,最好用经过实验室测试并有测试结果的接收机。这样就可以准确地评估在不同的多径信道下达到 TOV 门限时的 C/N 数值。

5. 测试设备

服务测试使用的仪器设备与覆盖测试类似,但室内和便携接收测试的设备要根据测试需求搬运到用户家中。

6. 测试数据

服务测试中可同时得到多组数据,其中一部分数据必须加以记录存档,另一部分数据可以根据需要对个别测试点进行记录和保存。

(1)必要数据。必须记录的数据包括:①场强;②本底噪声;③到达判决门限时叠加的噪声功率;④信噪比门限;⑤接收裕量;⑥误码率;⑦多径特性;⑧天线的详细位置;⑨天线特性描述;⑩天线方向;⑪测试系统校准;⑫测试点详细描述;⑬测试时间、日期;⑭测试所在的建筑物描述;⑮天线周围情况。

(2)可选数据。服务测试还可以记录以下数据以便进行深入分析。①建筑物地址;②客观的声音、视频恶化;③活动记录;④在测试中,可以使用频谱分析仪记录不同天线方向上的频谱,测试时应该记录在 9MHz 和 20MHz 不同带宽下的频谱。

7. 测试点选择

为了准确评估性能,必须收集足够多的测试点的信号。一般来说,30~100 个点是必要的,更多的测试点可以更加准确地反映覆盖情况,但是会带来更大工作量。一般室外固定接收测试点需要 30~100 个点,其他测试一般需要不少于 20 个点。测试点的选择可以按照多种方法进行。

(1)在地图上从发射点开始,按照辐射方式以一定的角度和距离进行分割。测试从距离发射塔 3km 开始,按照不大于 3km 的距离沿着辐射方向向远处测试。这种方法至少应该测量 8 条辐射路径上的点,每条辐射路径的角度间隔不应大于 20°。

(2)根据业务覆盖的需要,根据人口密集程度来选择相关的测试点。

(3)按照现有的模拟电视接收效果反馈选择测试点。

服务测试可能存在一些特别的因素。例如,多径、飞机扰动、建筑物的墙、树木等。当测试点的周围存在这些因素时必须在测试报告中记录下来。

　　如果在某些测试点不能进行正常测试,那么应该有详细的记录。对于测试中出现的突发错误或者随时间变化的连续错误时,如果可能最好记录该测试点的数据。

3.4　固定点测试

3.4.1　测试目的

　　用于评估传输系统在固定点(室内和室外)接收时的性能。用室外固定天线接收,测试被测系统的接收情况与接收裕量。

3.4.2　测量系统

　　在进行室外固定接收测量时,除了广播发射的设备外,测量系统还需要具备码流发生器、可调衰减器、场强仪/频谱分析仪、接收天线和连接馈线、测试接收机、传输分析仪、定位设备等仪器设备,测量系统示意图如图 3-3 所示。

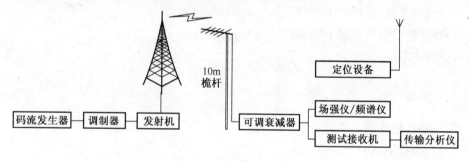

图 3-3　测量系统示意图

3.4.3　常用测量仪器设备

1. 码流发生器

用于产生误比特率统计所需的 $2^{15}-1$ 或 $2^{23}-1$ 伪随机二进制序列测试码流。

2. 场强仪

其主要性能应满足下列要求。

(1)频率范围:米波段为 48～300MHz,分米波段为 300～806MHz。

(2)场强量程:米波段(48～160MHz),0～120dBμV/m;米波段(160～300MHz),20～120dBμV/m;分米波段,30～120dBμV/m。

(3)测量精度:米波段为±2dBμV/m;分米波段为±3dBμV/m。

(4)镜像抑制:＞35dB。

(5)检波方式:均方根平均值。

(6)输入阻抗:75Ω。

3.频谱分析仪

频谱分析仪应具备测量规定频带内信号功率的功能,其主要性能应满足下列要求。

(1)频率范围:米波段为48～300MHz;分米波段为300～806MHz。

(2)电平量程:-90～20dBm。

(3)测量精度:±1.5dB。

(4)分辨率带宽:30Hz～1MHz。

(5)视频带宽:30Hz～1MHz。

(6)检波方式:均方根平均值。

(7)输入阻抗:50Ω/75Ω。

4.可调衰减器

其主要性能应满足下列要求。

(1)频率范围:48～1000MHz。

(2)衰减量:0～60dB。

(3)调节步长:≤1dB。

(4)反射损耗:≥23dB。

5.接收天线和连接馈线

接收天线和连接馈线应满足下列要求。

(1)天线桅杆高度应为10m且可升降。

(2)所用接收天线和连接馈线应是与场强仪配套供应的附件。

(3)所用接收天线和连接馈线与场强仪之间应有良好的阻抗匹配。

(4)接收天线应与所用连接馈线一起进行预校正,得出各个频率的天线校正因数后方可与场强仪配合使用。

6. 测试接收机

测试接收机用于接收 GB 20600—2006 制式信号,应能输出解调的测试码流。

7. 传输分析仪

用于测试码流的误比特率测量统计,应支持 $2^{15}-1$ 或 $2^{23}-1$ 伪随机二进制序列测试码流。

8. 定位设备

测量地理位置(经度、纬度、海拔高度等),水平精度小于等于 7m,垂直精度小于等于 10m。

3.4.4　测量系统校准

测量系统校准的目的是核实确定测试系统参数,保证接收端测量系统准确可靠。进行测量系统校准时,要求接收天线的极化方式与发射天线的极化方式一致;校准测量点与发射天线之间为直视路径;校准测量点周围场地应空旷平坦,无建筑物、大片树林等障碍物,无反射波到达校准测量点。此外应尽可能远离机场、主要交通运输公路、高压输电线、变电所、工厂等。保证没有来自上述设施的明显干扰或背景噪声,电平较欲收信号电平低于 20dB。

根据发射天线的有效辐射功率 P_t(kW)和测量点与发射天线之间距离 d(km),校准测量点的信号场强 E_c 表示为

$$E_c(\mathrm{dB}\mu\mathrm{V/m}) = 10\lg P_t - 20\lg d + 106.92$$

将接收天线升至距离地面 10m,将可调衰减器衰减量调节为 0,调整天线指向使接收机输入信号电平最高,通过场强仪和配套接收天线可以测得测量点的信号场强 E_m,测量时间需满足 GB/T 14109—1993 第 9.2 条要求。如果通过频谱分析仪等设备测得测试接收机输入端的信号电平 V_m,则需要根据接收天线在相应频段的天线系数 K 和接收天线至频谱分析仪的馈线损耗 L_c,通过下式计算测量点的信号场强:

$$E_m(\mathrm{dB}\mu\mathrm{V/m}) = V_m(\mathrm{dB}\mu\mathrm{V}) + L_c(\mathrm{dB}) + K$$

如果计算值 E_c 与测量值 E_m 的误差在 3dB 之内,则记录校准测量点的信号强度、经纬度、海拔高度、天线高度、天线指向等信息,开始其他测量点的测量工作。如果误差越过 3dB,则需要核实相关参数,检查仪器设备,或更换校准测量点,重新进行测量

系统校准。此外,如果测量系统在测量点的测量过程中出现异常,那么需要到校准测量点重新校准。

3.4.5　测试说明

(1)接收端测试平台如图 3-3 所示。

(2)码流采用伪随机码。

(3)室外接收天线在选定位置,升至 10m 高度,调整天线俯仰角,旋转天线使天线指向接收信号电平最大的方向。

3.4.6　测试步骤

(1)发射机调制器输入伪码或者测试节目。

(2)在测试点将测试车固定好,架好接收天线,将其升至离地面 10m 处,天线不能碰到树枝、电线等障碍物。

(3)用 GPS 记录测试地点的经度、纬度、海拔高度、相对发射台的直线距离和方位,并详细记录测试日期、时间、地点、天气、周围环境等,对测试车和周围环境进行拍照、录像。

(4)旋转接收天线,将天线固定在接收电平最大的方向上,记录天线的指向。

(5)设置接收链路中的信号衰减器的衰减量,使接收机的输入端口的电平与接收天线输出端的电平基本相等,测量信号电平。

(6)测量并记录误码率,若误码率比门限差,则减小信号衰减器的衰减量,达到门限,并记录此时信号电平。若信号衰减器的衰减量降为零时,仍不能接收,则缓慢旋转天线一周,寻找可接收的方向。若误码率优于门限,则增大信号衰减器的衰减量,直到达到门限,并记录此时的信号电平。

固定测试记录表格如表 3-2 所示。

表 3-2　测试记录表格

测试地点	环境状况	经度纬度	与发射塔相对位置	天线指向(正北顺时针旋转)	天气情况	链路衰减为零时信号电平/dBm	门限时信号衰减器衰减量/dB	门限时信号电平/dBm	接收裕量/dB	信号衰减器衰减量为零时的接收情况

测试点与发射台的相对位置指直线距离 $L(\mathrm{km})$ 和方位角 $\theta(°)$，如图 3-4 所示。

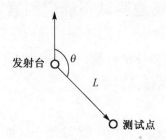

图 3-4　测试点与发射台的相对位置示意图

天线指向表示接收天线的实际指向与直射波方向的夹角 $\Delta(°)$，如图 3-5 所示。

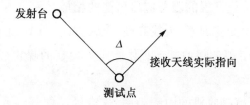

图 3-5　测试天线指向示意图

3.5　移动路线测试

3.5.1　测试目的

用于评估传输系统在移动接收时的性能。

3.5.2　测试说明

(1)发射机输入实时节目码流。

(2)接收端测试平台如图 3-3 所示,将图中接收端衰减器调为零衰减。

(3)在移动中测试每一个路段,对接收信号连续进行主观评价,判定是否接收成功。

(4)记录路径上各处的地理位置和车速、主观测试结果、接收信号场强和频谱。

(5)全路径录像记录。

3.6　场地测试不确定因素与措施

如果为了对比测试不同系统的性能,在测试中不仅要注意一些必须关注的因素,而且要注意应尽量避免的情况。

必须注意的因素包括:

(1)描述测试结果的时候应当对测试方法给予详细介绍。

(2)详细描述开路测试的环境。

(3)对测试的服务类型进行描述。

(4)测试条件与希望开展的服务应尽可能的相似。

(5)尽可能地减少变化因素(天线高度、天线方向、季节、工作模式)。

(6)详细描述所使用的接收机,并附录其实验室的噪声特性测试和多径特性测试。

(7)如果可能,了解接收机的中频频率,这有助于解释一些由于邻频、禁用频段导致的非预期测试结果。

(8)尽可能使用最新一代的接收机。

(9)尽量在尽可能多的点测试,这样可以确保统计可靠性。

(10)预先明确预期覆盖的范围。

(11)检查数据以保持测试结果的一致性。

(12)在遇到奇怪的测试结果时要慎重对待,尽可能找出原因。例如,室内测试时室内家用电器出现的脉冲噪声,单频干扰,汽车或者飞机引起的动态多径干扰。

(13)寻找合适的校准点并经常到这个测试点检验系统状态。

(14)尽可能选取有更多用户接收环境的测试点。

(15)尽可能选取有典型代表性的建筑物与接收位置点。

(16)如果要比较不同数字电视接收系统的性能则要注意以下几点。①尽可能在同一时间进行性能对比测试以减小信道变化的影响;②使用完全一样的测试点和测试环境,最好能够用照片记录测试现场;③列出测试结果和测试方法的可能的限制。例如,如何进行了什么测试,没有进行什么测试,不能进行什么测试。

(17)对于接收失败的测试点,找出接收失败的可能的原因。

必须避免的情况包括:

(1)不加解释地放弃某个测试点。

(2)改变测试流程。

(3)在扇区或者 30m 移动测试中选取最好的点来进行服务可靠性测试。

(4)选取有利于某个标准的测试点或者测试条件。

第4章 接收机测量

为了解和掌握数字电视广播系统的性能,不管对比评价不同的体制还是在相同体制下比较不同的产品,都必须进行严格的测量。对于数字电视传输系统,由于其传输的信息为数字比特流,因此测量方法与现有的模拟广播有很大不同。

2011年,国家标准化管理委员会颁布了《地面数字电视接收器通用规范》(GB/T 26683—2011)、《地面数字电视接收器测量方法》(GB/T 26684—2011)、《地面数字电视接收机通用规范》(GB/T 26686—2011)、《地面数字电视接收机测量方法》(GB/T 26685—2011),规定了支持地面数字电视接收功能的地面数字电视接收机(器)(GB 20600—2006)的功能、性能要求与测量方法。数字电视接收机常规测量包括信道性能指标测量和音视频性能指标测量。本章依据上述规范介绍数字电视接收机(器)信道性能指标、音视频性能指标与测量方法。

4.1 接收机原理

地面数字电视接收机原理框图如图4-1所示。

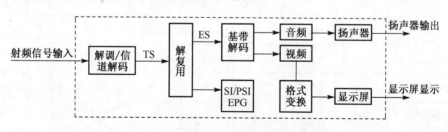

图4-1 地面数字电视接收机原理框图

地面数字电视接收机完成从射频信号输入到终端音频信号输出、视频信号显示的转换。输入射频信号经过解调、信道解码,将输出的传送流送至解复用模块进行解复用,同时输出业务信息/节目专用信息(Service Information,SI/Program Specific Information,PSI)、电子节目指南(Electronic Program Guide,EPG)等信息。输出的基本流送至音视频解码模块,解码后音频送至扬声器输出,视频信号经过格式变换后送至显示屏显示。

4.2　信道性能指标

按上述标准要求，地面数字电视接收机的具体信道技术指标要求如表 4-1 所示。

表 4-1　数字电视接收机技术指标

测 量 项 目	单位	模式 1	模式 2	模式 3	模式 4	模式 5	模式 6	模式 7
频率偏移范围	kHz	−150～150	−150～150	−150～150	−150～150	−150～150	−150～150	−150～150
最小接收电平	dBm	≤−90	≤−91	≤−87	≤−85	≤−84	≤−82	≤−82
最大接收电平	dBm	≥−10	≥−10	≥−10	≥−10	≥−10	≥−10	≥−10
模拟上邻频抑制	dB	≤−46	≤−44	≤−45	≤−41	≤−42	≤−41	≤−40
模拟下邻频抑制	dB	≤−46	≤−44	≤−45	≤−41	≤−42	≤−41	≤−40
模拟同频抑制	dB	≤−5	≤−7	≤−3	≤2	≤4	≤3	≤5
数字上邻频抑制	dB	≤−40	≤−41	≤−38	≤−36	≤−36	≤−35	≤−34
数字下邻频抑制	dB	≤−40	≤−41	≤−38	≤−36	≤−36	≤−35	≤−34
数字同频抑制	dB	≤8.5	≤7.0	≤11.0	≤13.5	≤13.5	≤16.0	≤17.0
C/N Gauss	dB	≤8.0	≤6.0	≤10.7	≤12.6	≤13.2	≤15.7	≤16.6
C/N Rice	dB	≤8.7	≤6.5	≤11.2	≤13.3	≤14.0	≤16.6	≤17.3
C/N Rayleigh	dB	≤10.5	≤9.5	≤14.0	≤18.5	≤18.5	≤19.4	≤22.4
0dB 回波最大时延	μs	≥110	≥60	≥110	≥60	≥50	≥50	≥60
0dB 回波 C/N	dB	≤11.0	≤11.0	≤15.0	≤20.5	≤20.5	≤20.5	≤24.5
动态多径 C/N	dB	≤12.0	≤13.5	≤17.0	不作要求	不作要求	不作要求	不作要求
多普勒频移	Hz	≥130	≥120	≥115	不作要求	不作要求	不作要求	不作要求
脉冲干扰	μs	≥100	≥70	≥50	≥35	≥25	≥25	≥25

　　上表列出了各技术项目在国家广播电影电视总局推荐的国标地面数字电视广播 7 种工作模式下的指标，表 4-2 列出了国家广播电影电视总局推荐的国标地面数字电视广播的 7 种工作模式。

表 4-2 地面数字电视广播 7 种推荐工作模式

工作模式	载波模式	前向纠错码率	符号星座映射方式	帧头模式	交织深度/符号	系统净码率/(Mbit/s)
1	$C=3780$	0.4	16-QAM	PN945	720	9.626
2	$C=1$	0.8	4-QAM	PN595	720	10.396
3	$C=3780$	0.6	16-QAM	PN945	720	14.438
4	$C=1$	0.8	16-QAM	PN595	720	20.791
5	$C=3780$	0.8	16-QAM	PN420	720	21.658
6	$C=3780$	0.6	64-QAM	PN420	720	24.365
7	$C=1$	0.8	32-QAM	PN595	720	25.989

4.3 信道指标测量

信道指标测量是通过特定的测量设备,搭建、模拟出地面数字电视接收机在实际工作中的环境。在实验室中,用理想的电子信号环境,并加入实际运营网络中会出现的干扰、衰落等情况,检验接收机的射频解调与信道解码技术的参数和性能。

4.3.1 信道测量条件要求

(1) 测量环境条件:环境温度为 15~35℃;相对湿度为 15%~75%;大气压为 86~106kPa;电源为 198~242V,50×(1±2%)Hz。

(2) 测量条件:环境温度为 18~35℃;相对湿度为 60%~70%;大气压为 86~106kPa;电源为 209~232V,50×(1±2%)Hz。

(3) 稳定时间:为了确保在测量过程中接收机的特性不随时间明显变化,测量开始前,被测接收机应在标准测量条件下先稳定工作至少 30min。

4.3.2 频率偏移范围

1. 指标说明

在地面数字电视接收机工作过程中,先通过持续接收发射机的无线射频信号,然后再解调、解码还原出电视图像。所有接收机的频率与发射机的频率一直保持一致,完全同步,这样才能保证其稳定地接收信号。但在实际的地面数字电视网中,发射机发射出的射频信号由于各种原因,会产生微小的偏差。为了保证接收机能完全正常地接收发射机的信号,需要接收机在中心接收频率上具有一定数值的上下频率余量,这样才能保证在发射机发出的射频信号频率出现微小偏差时,接收机仍旧可以正常接收到信号并播出电视节目。接收机的频率捕捉范围正是对这一参数的测量。

接收机应能正常接收频偏不超出±150kHz的射频信号。

2. 测量平台

按照《地面数字电视接收器测量方法》(GB/T 26684—2011)的规定,地面数字电视接收机的频率捕捉范围测量平台主要由4部分组成,具体如图4-2所示。

图4-2　频率捕捉范围测量平台

3. 测量步骤

(1) 如图4-2所示连接测量系统,码流发生器输出标准活动图像序列,调整数字电视测试发射机的输出功率,使被测接收机输入电平为标准输入电平。

(2) 调整被测接收机使屏幕显示正常图像,记录此时数字电视测试发射机载波频率 f。

(3) 调整接收机使监视器显示正常图像。

(4) 逐渐减小发射信号频率值,直到接收机不能正常工作(监视器图像出现马赛克,甚至无法显示);再逐渐增加频率值,直到无误码接收(监视器所显示的图像在连续20s内无马赛克产生)。记录此时载波频率 f_1,计算 $\Delta f_1 = f_1 - f$。

(5) 逐渐增大频率值,直至接收机不能正常工作;再逐渐减小频率值,直至无误码接收。记录此时载波频率 f_2,计算 $\Delta f_2 = f_2 - f$。

(6) 频率捕捉范围表示为 $\Delta f_1 \sim \Delta f_2$。

4.3.3　最小接收电平

1. 指标说明

最小接收电平有时候也称为灵敏度,该指标反映了接收机在极弱信号下的接收能力,对规划数字电视网络起着重要的作用。

　　此项目用于测量地面数字电视接收机的最小接收信号电平,所测最小电平决定了发射机的覆盖范围。最小接收信号电平越低说明在同样发射台的情况下覆盖范围越大。两个具有同样 C/N 的接收机的最小接收电平可能有较大的差异。最小接收信号功率电平测量值越小表示系统灵敏度越好。

　　《地面数字电视接收机通用规范》(GB/T 26683—2011)中,给出了接收机最小接收电平的技术规范,如表 4-3 所示。

表 4-3　最小接收电平技术规范

工作模式	载波模式	前向纠错码率	符号星座映射方式	帧头模式	交织深度/符号	最小输入电平/dBm
1	$C=3780$	0.4	16-QAM	PN945	720	≤−90
2	$C=1$	0.8	4-QAM	PN595	720	≤−91
3	$C=3780$	0.6	16-QAM	PN945	720	≤−87
4	$C=1$	0.8	16-QAM	PN595	720	≤−85
5	$C=3780$	0.8	16-QAM	PN420	720	≤−84
6	$C=3780$	0.6	64-QAM	PN420	720	≤−82
7	$C=1$	0.8	32-QAM	PN595	720	≤−82

2. 测量平台

系统测量平台框图如图 4-3 所示。

图 4-3　接收电平测量平台框图

3. 测量步骤

　　(1) 如图 4-3 所示连接测量系统,码流发生器输出标准活动图像序列,调整数字电视测试发射机的输出功率,使被测接收机输入电平为标准输入电平。

　　(2) 调整接收机使监视器显示正常图像。

　　(3) 以适当步进调整信号衰减器的衰减量,减小输入电平值,直到接收机不能正常工作;再逐渐增加输入电平值,直至无误码接收,此时测试发射机的输出功率(dBm)即为最小接收信号功率值。

注:本书所说"信号功率"等效于相关标准中的"信号电平"。

4.3.4 最大接收电平

1. 指标说明

最大接收电平是衡量地面数字电视接收机能够处理的最大输入信号功率,反映了地面数字电视接收机在强信号地区接收解码的能力。

《地面数字电视接收器通用规范》(GB/T 26683—2011)中,给出了接收机最大接收电平的技术规范,如表4-4所示。

表4-4 最大接收电平技术规范

工作模式	载波模式	前向纠错码率	符号星座映射方式	帧头模式	交织深度/符号	最大输入电平/dBm
1	$C=3780$	0.4	16-QAM	PN945	720	$\geqslant -10$
2	$C=1$	0.8	4-QAM	PN595	720	$\geqslant -10$
3	$C=3780$	0.6	16-QAM	PN945	720	$\geqslant -10$
4	$C=1$	0.8	16-QAM	PN595	720	$\geqslant -10$
5	$C=3780$	0.8	16-QAM	PN420	720	$\geqslant -10$
6	$C=3780$	0.6	64-QAM	PN420	720	$\geqslant -10$
7	$C=1$	0.8	32-QAM	PN595	720	-10

2. 测量平台

系统测量平台框图如图4-3所示。

3. 测量步骤

(1) 如图4-3所示连接测量系统,码流发生器输出标准活动图像序列,调整数字电视测试发射机的输出功率,使被测接收机输入电平为标准输入电平。

(2) 调整接收机使监视器显示正常图像。

(3) 逐渐增加数字电视测试发射机的输出功率,直至接收机不能正常工作;再逐渐减小数字电视测试发射机的输出功率,直至可接受的误码接收。需要注意:如果当最大输入信号达到 -10dBm 时,接收机仍然能正常工作,那么不再增大接收机的输入信号并记录最大输入功率为 -10dBm。

(4) 记录此时的数字电视测试发射机输出功率为被测接收机最大接收信号功率。

4.3.5　载噪比门限

载噪比是在大部分测试中用来衡量系统性能的重要指标。一般来说,在一定的误比特率下所需要的载噪比越小,说明系统的性能越好。

要得到信号载噪比,首先要进行信号(载波)功率与噪声功率(平均功率)的测量:

(1) 信号功率。数字电视信号的功率是指数字电视信号射频信号功率。数字电视系统中信号功率的定义为使用热功率传感器测量的平均带内信号功率。与模拟电视用测量同步顶功率来定义信号功率的方法不同,数字电视信号的功率是测量频带内的信号功率。为了保证只有信道内信号的功率被测量,可以在发射机的输出使用一个信道滤波器来滤除带外的功率。如果使用频谱分析仪来测量信道功率,那么可以限定测量带宽为信号带宽来滤除带外功率。

(2) 噪声功率。噪声功率是指频带内的噪声功率。在实际应用中,可以通过关断发射机或者断开发射机输出信号的方式来去除有用信号功率,然后在整个信道带宽进行测量。

信号功率和噪声功率测试结果的比值即为载噪比。为了方便使用,通常以 dB 表示。

接收机的载噪比门限定义为实现准无误码接收时所需要的载噪比,该指标反映了接收机抑制噪声的能力。载噪比门限越小,接收机性能越好。一般需要在模拟高斯、瑞利和莱斯信道环境下分别测量接收机载噪比门限。

1. 高斯信道载噪比门限

1) 指标说明

该指标反映了地面数字电视接收机对高斯白噪声的容忍度,检验数字电视接收终端对抗高斯白噪声的能力。地面数字电视接收机在高斯噪声下的载噪比门限大小,直接影响了其接收灵敏度。

国标地面数字电视接收机高斯噪声信道下的载噪比门限技术指标如表 4-5 所示。

表 4-5　高斯载噪比门限技术指标

工作模式	载波模式	前向纠错码率	符号星座映射方式	帧头模式	交织深度/符号	载噪比门限/dB
1	$C=3780$	0.4	16-QAM	PN945	720	≤8.0
2	$C=1$	0.8	4-QAM	PN595	720	≤6.0
3	$C=3780$	0.6	16-QAM	PN945	720	≤10.7
4	$C=1$	0.8	16-QAM	PN595	720	≤12.6
5	$C=3780$	0.8	16-QAM	PN420	720	≤13.2
6	$C=3780$	0.6	64-QAM	PN420	720	≤15.7
7	$C=1$	0.8	32-QAM	PN595	720	≤16.6

2）测量平台

测量系统框图如图 4-4 所示。

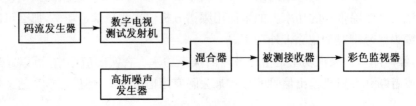

图 4-4　高斯载噪比门限测量系统平台框图

3）测量步骤

（1）如图 4-4 所示连接测量系统，码流发生器输出标准活动图像序列，调整数字电视测试发射机的输出功率，使被测接收机输入电平为标准输入电平（−60dBm）；

（2）调整被测接收机使彩色监视器显示正常图像；

（3）接通高斯噪声发生器，增大噪声功率，使被测接收机不能正常工作；

（4）逐渐减小噪声功率，直至可接受的误码接收。

（5）记录被测接收机高斯载噪比门限为此时载波功率与噪声功率的比值。

2. 莱斯多径干扰载噪比门限

1）指标说明

莱斯多径信道的特点是在接收信号中有明显的主径，它反映一般的屋顶固定天线接收的情况。莱斯信道下载噪比门限反映接收机在固定接收存在主径的多径传输条件下的信道估计和均衡性能。不同厂家设计的接收解调芯片可以具有相同的灵敏度和 AWGN 下的载噪比门限，但是它们往往在莱斯多径信道条件下的载噪比门限有明显的差异。在同样的工作模式和多径条件下，载噪比门限越低反映系统的性能越好。

　　莱斯信道下载噪比门限反映了接收机在莱斯信道下固定接收所需要的最小信噪比。测量值越小表示系统抗干扰能力越强。莱斯多径信道的模型参数，如表 4-6 所示。

表 4-6　莱斯多径信道模型参数

路　径	幅度/dB	延时/μs	路　径	幅度/dB	延时/μs
主径	0	0	回波 10	−22.0	0.429948
回波 1	−19.2	0.518650	回波 11	−20.5	3.228872
回波 2	−36.2	1.003019	回波 12	−23.0	0.848831
回波 3	−26.4	5.422091	回波 13	−24.3	0.073883
回波 4	−21.8	2.751772	回波 14	−26.7	0.203952
回波 5	−23.1	0.602895	回波 15	−27.9	0.194207
回波 6	−35.6	1.016585	回波 16	−23.8	0.924450
回波 7	−27.9	0.143556	回波 17	−30.1	1.381320
回波 8	−26.1	3.324886	回波 18	−24.5	0.640512
回波 9	−19.3	1.935570	回波 19	−23.1	1.368671

　　规范要求国标地面数字电视接收机莱斯信道下载噪比门限技术指标如表 4-7 所示。

表 4-7　莱斯多径干扰载噪比门限技术指标

工作模式	载波模式	前向纠错码率	符号星座映射方式	帧头模式	交织深度/符号	载噪比门限/dB
1	$C=3780$	0.4	16-QAM	PN945	720	≤8.7
2	$C=1$	0.8	4-QAM	PN595	720	≤6.5
3	$C=3780$	0.6	16-QAM	PN945	720	≤11.2
4	$C=1$	0.8	16-QAM	PN595	720	≤13.3
5	$C=3780$	0.8	16-QAM	PN420	720	≤14.0
6	$C=3780$	0.6	64-QAM	PN420	720	≤16.6
7	$C=1$	0.8	32-QAM	PN595	720	≤17.3

2) 测量平台

测量系统框图如图 4-5 所示。

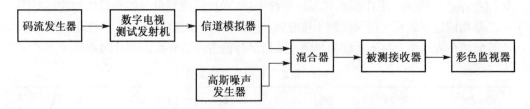

图 4-5　莱斯多径干扰载噪比门限测量系统平台框图

3) 测量步骤

（1）如图 4-5 所示连接测量系统,码流发生器输出标准活动图像序列,调整数字电视测试发射机的输出功率,使被测接收机输入电平为标准输入电平（−60dBm）;

（2）调整被测接收机使彩色监视器显示正常图像;

（3）按莱斯信道多径模型设置信道模拟器;

（4）接通高斯噪声发生器,增大噪声功率,使被测接收机不能正常工作;

（5）逐渐减小噪声功率,直至可接受的误码接收;

（6）记录被测接收机静态多径载噪比门限为此时载波功率与噪声功率的比值。

3. 瑞利多径干扰载噪比门限

1) 指标说明

瑞利信道的特点是在接收机接收到的信号中无明显的主径,它反映在较低位置下的全向天线接收的情况。此项目可反映传输系统在固定接收且不存在主径的多径传输条件下的信道估计和均衡性能。不同厂家设计的接收解调芯片可以具有相同的灵敏度和 AWGN 下的载噪比门限,但是它们往往在瑞利多径信道条件下的载噪比门限较大。在同样的工作模式下和多径条件下,载噪比门限越低,反映系统的性能越好。

该指标用于衡量地面数字电视接收机的抗多径能力,所测载噪比门限决定了在瑞利信道下固定接收所需要的载噪比。测量值越小表示系统抗干扰能力越强。

瑞利多径信道的模型参数如表 4-8 所示。

规范要求国标地面数字电视接收机莱斯信道下载噪比门限技术指标如表 4-9 所示。

表 4-8 瑞利多径信道模型参数

路　径	幅度/dB	延时/μs	路　径	幅度/dB	延时/μs
回波 1	−7.8	0.518650	回波 11	−10.6	0.429948
回波 2	−24.8	1.003019	回波 12	−9.1	3.228872
回波 3	−15.0	5.422091	回波 13	−11.6	0.848831
回波 4	−10.4	2.751772	回波 14	−12.9	0.073883
回波 5	−11.7	0.602895	回波 15	−15.3	0.203952
回波 6	−24.2	1.016585	回波 16	−16.5	0.194207
回波 7	−16.5	0.143556	回波 17	−12.4	0.924450
回波 8	−25.8	0.153832	回波 18	−18.7	1.381320
回波 9	−14.7	3.324886	回波 19	−13.1	0.640512
回波 10	−7.9	1.935570	回波 20	−11.7	1.368671

表 4-9 瑞利多径干扰载噪比门限技术要求

工作模式	载波模式	前向纠错码率	符号星座映射方式	帧头模式	交织深度/符号	载噪比门限/dB
1	$C=3780$	0.4	16-QAM	PN945	720	≤10.5
2	$C=1$	0.8	4-QAM	PN595	720	≤9.5
3	$C=3780$	0.6	16-QAM	PN945	720	≤14.0
4	$C=1$	0.8	16-QAM	PN595	720	≤18.5
5	$C=3780$	0.8	16-QAM	PN420	720	≤18.5
6	$C=3780$	0.6	64-QAM	PN420	720	≤19.4
7	$C=1$	0.8	32-QAM	PN595	720	≤22.4

2) 测量平台

测量系统框图如图 4-5 所示。

3）测量步骤

（1）如图 4-5 所示连接测量系统，码流发生器输出标准活动图像序列，调整数字电视测试发射机的输出功率，使被测接收机输入电平为标准输入功率（−60dBm）。

（2）调整被测接收机使彩色监视器显示正常图像；

（3）按瑞利信道多径模型设置信道模拟器；

（4）接通高斯噪声发生器，增大噪声功率，使被测接收机不能正常工作；

（5）逐渐减小噪声功率，直至可接受的误码接收；

（6）记录被测接收机静态多径载噪比门限为此时载波功率与噪声功率的比值。

4.3.6　抑制模拟邻频道信号干扰能力

在电视数字化期间，需要模拟电视和数字电视广播共存一段时间，由于频谱资源有限，所以数字电视广播只能在那些对现有模拟电视接收引起有限干扰的频道中实现。在模拟电视向数字电视转变的过程中，最直接的限制因素之一就是数字电视广播对现有模拟电视节目的干扰。

同样，现存的模拟电视广播也会对数字电视广播形成干扰。接收机抑制模拟邻频道信号干扰的能力，反映为抵抗邻频模拟地面电视传输系统干扰的能力。

地面数字电视接收机抑制模拟邻频道信号干扰指标，是在可接受误码接收的情况下，用欲接收地面数字电视信号功率与从邻频道来的模拟电视信号功率之比（C/I）来计量，值越小表示系统抗干扰能力越强。模拟邻频干扰分为模拟上邻频干扰和模拟下邻频干扰。

1. 模拟上邻频

1）指标说明

接收机对上邻频（$N+1$）模拟电视信号干扰的抑制能力。规范要求地面数字电视接收机抑制上邻频（$N+1$）模拟电视干扰能力如表 4-10 所示。

表 4-10　上邻频模拟电视干扰的抑制能力要求

工作模式	载波模式	前向纠错码率	符号星座映射方式	帧头模式	交织深度/符号	C/I/dB
1	$C=3780$	0.4	16-QAM	PN945	720	≤−46
2	$C=1$	0.8	4-QAM	PN595	720	≤−44
3	$C=3780$	0.6	16-QAM	PN945	720	≤−45
4	$C=1$	0.8	16-QAM	PN595	720	≤−41

续表

工作模式	载波模式	前向纠错码率	符号星座映射方式	帧头模式	交织深度/符号	C/I/dB
5	$C=3780$	0.8	16-QAM	PN420	720	$\leqslant -42$
6	$C=3780$	0.6	64-QAM	PN420	720	$\leqslant -41$
7	$C=1$	0.8	32-QAM	PN595	720	$\leqslant -40$

2) 测量平台

测量平台框图如图 4-6 所示。

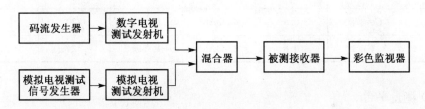

图 4-6　模拟干扰测量平台框图

3) 测量步骤

(1) 如图 4-6 所示连接测量系统,码流发生器输出标准活动图像序列,调整数字电视测试发射机的输出功率,使被测接收机输入电平为标准输入功率(−60dBm);

(2) 调整被测接收机使彩色监视器显示正常图像。

(3) 接通模拟电视测试发射机,将其置于数字电视测试发射机的上邻频道,增大模拟电视测试发射机的输出功率,直至被测接收机不能正常工作;逐步减小输出功率,直至可接受的误码接收。

(4) 记录被测接收机模拟电视上邻频抑制比为本频道标准输入信号功率与此时模拟电视测试发射机输出功率的比值。

2. 模拟下邻频

1) 指标说明

接收机在可接受误码接收情况下,欲接收地面数字电视信号功率与从下邻频($N-1$)来的模拟电视信号功率之比。接收机对下邻频模拟电视信号干扰的抑制能力要求见表 4-11。

表 4-11　下邻频模拟电视干扰的抑制能力要求

工作模式	载波模式	前向纠错码率	符号星座映射方式	帧头模式	交织深度/符号	C/I /dB
1	$C=3780$	0.4	16-QAM	PN945	720	$\leqslant -46$
2	$C=1$	0.8	4-QAM	PN595	720	$\leqslant -44$
3	$C=3780$	0.6	16-QAM	PN945	720	$\leqslant -45$
4	$C=1$	0.8	16-QAM	PN595	720	$\leqslant -41$
5	$C=3780$	0.8	16-QAM	PN420	720	$\leqslant -42$
6	$C=3780$	0.6	64-QAM	PN420	720	$\leqslant -41$
7	$C=1$	0.8	32-QAM	PN595	720	$\leqslant -40$

2）测量平台

测量平台框图如图 4-6 所示。

3）测量步骤

（1）如图 4-6 所示连接测量系统,码流发生器输出标准活动图像序列,调整数字电视测试发射机的输出功率,使被测接收机输入电平为标准输入功率（−60dBm）。

（2）调整被测接收机使彩色监视器显示正常图像。

（3）接通模拟电视测试发射机,将其置于数字电视测试发射机的下邻频道,增大模拟电视测试发射机的输出功率,直至被测接收机不能正常工作;逐步减小输出功率,直到可接受的误码接收;

（4）记录被测接收机模拟电视下邻频抑制比为本频道标准输入信号功率与此时模拟电视测试发射机输出功率的比值。

4.3.7　抑制模拟同频道信号干扰能力

1. 指标说明

模拟同频干扰是指在地面数字电视广播工作频率的相同频率上,存在同频道来的模拟电视信号干扰。

抑制模拟同频道信号干扰能力,是以接收机在可接受误码接收的情况下,用欲接收地面数字电视信号功率与从同频道来的模拟电视信号功率之比来衡量。其值越小,接收机抑制模拟同频道信号干扰的能力越强。接收机对同邻频模拟电视信号干扰的抑制能力要求见表 4-12。

表 4-12　同邻频模拟电视干扰的抑制能力要求

工作模式	载波模式	前向纠错码率	符号星座映射方式	帧头模式	交织深度/符号	C/I/dB
1	$C=3780$	0.4	16-QAM	PN945	720	≤−5
2	$C=1$	0.8	4-QAM	PN595	720	≤−7
3	$C=3780$	0.6	16-QAM	PN945	720	≤−3
4	$C=1$	0.8	16-QAM	PN595	720	≤2
5	$C=3780$	0.8	16-QAM	PN420	720	≤4
6	$C=3780$	0.6	64-QAM	PN420	720	≤3
7	$C=1$	0.8	32-QAM	PN595	720	≤5

2. 测量平台

测量平台框图如图 4-6 所示。

3. 测量步骤

（1）如图 4-6 所示连接测量系统,码流发生器输出标准活动图像序列,调整数字电视测试发射机的输出功率,使被测接收机输入电平为标准输入功率（−60dBm）；

（2）调整被测接收机使彩色监视器显示正常图像；

（3）接通模拟电视测试发射机,将其置于数字电视测试发射机的同频道同频率,增大模拟电视测试发射机的输出功率,直至被测接收机不能正常工作；逐步减小输出功率,直到可接受的误码接收；

（4）记录被测接收机模拟电视同频道抑制比为本频道标准输入信号功率与此时模拟电视测量发射机输出功率的比值。

4.3.8　抑制数字邻频道信号干扰能力

由于频率资源的限制,所以地面数字电视广播需要使用邻频,而且地面数字电视广播也支持邻频广播。该指标用于评估接收机抑制邻频道地面数字电视信号干扰的性能。

接收机抑制数字邻频道信号干扰能力,是以在可接受误码接收的情况下,用欲接收地面数字电视信号功率与从邻频道来的地面数字电视信号功率之比来衡量。值越小表示接收机抑制数字邻频道信号干扰的能力越强。

数字邻频干扰同样分为数字上邻频干扰和数字下邻频干扰。

1. 数字上邻频

1) 指标说明

接收机在可接受误码接收情况下,欲接收地面数字电视信号功率与从上邻频($N+1$)来的地面数字电视信号功率之比。接收机对上邻频数字电视信号干扰的抑制能力要求见表 4-13。

表 4-13　上邻频数字电视信号干扰的抑制能力要求

工作模式	载波模式	前向纠错码率	符号星座映射方式	帧头模式	交织深度/符号	C/I/dB
1	$C=3780$	0.4	16-QAM	PN945	720	$\leqslant -40$
2	$C=1$	0.8	4-QAM	PN595	720	$\leqslant -41$
3	$C=3780$	0.6	16-QAM	PN945	720	$\leqslant -38$
4	$C=1$	0.8	16-QAM	PN595	720	$\leqslant -36$
5	$C=3780$	0.8	16-QAM	PN420	720	$\leqslant -36$
6	$C=3780$	0.6	64-QAM	PN420	720	$\leqslant -35$
7	$C=1$	0.8	32-QAM	PN595	720	$\leqslant -34$

2) 测量平台

数字干扰测量平台框图如图 4-7 所示。

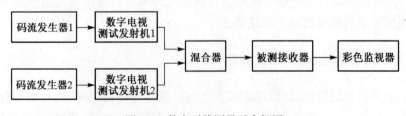

图 4-7　数字干扰测量平台框图

3) 测量步骤

(1) 如图 4-7 所示连接测量系统,码流发生器输出标准活动图像序列,调整数字电视测试发射机的输出功率,使被测接收机输入电平为标准输入功率(-60dBm)。

(2) 调整被测接收机使彩色监视器显示正常图像。

(3) 码流发生器 2 输出标准活动图像序列,接通数字电视测试发射机 2,将其置于数字电视测试发射机 1 的上邻频道,增大其输出功率使被测接收机不能正常工作;逐渐减小数字电视测试发射机 2 的输出功率,直至可接受的误码接收。

(4) 记录被测接收机数字电视上邻频抑制比为本频道标准输入信号功率与此时上邻频道信号功率的比值。

2. 数字下邻频

1) 指标说明

接收机在可接受误码接收的情况下,欲接收地面数字电视信号功率与从下邻频($N-1$)来的地面数字电视信号功率之比。接收机对下邻频数字电视信号干扰的抑制能力要求见表 4-14。

2) 测量平台

测量平台框图如图 4-7 所示。

3) 测量步骤

(1) 如图 4-7 所示连接测量系统,码流发生器输出标准活动图像序列,调整数字电视测试发射机的输出功率,使被测接收机输入电平为标准输入功率-60dBm;

表 4-14 下邻频数字电视信号干扰的抑制能力要求

工作模式	载波模式	前向纠错码率	符号星座映射方式	帧头模式	交织深度/符号	C/I /dB
1	$C=3780$	0.4	16-QAM	PN945	720	$\leqslant-40$
2	$C=1$	0.8	4-QAM	PN595	720	$\leqslant-41$
3	$C=3780$	0.6	16-QAM	PN945	720	$\leqslant-38$
4	$C=1$	0.6	16-QAM	PN595	720	$\leqslant-36$
5	$C=3780$	0.8	16-QAM	PN420	720	$\leqslant-36$
6	$C=3780$	0.6	64-QAM	PN420	720	$\leqslant-35$
7	$C=1$	0.8	32-QAM	PN595	720	$\leqslant-34$

（2）调整被测接收机使彩色监视器显示正常图像。

（3）码流发生器2输出标准活动图像序列,接通数字电视测试发射机2,将其置于数字电视测试发射机1的下邻频道,增大其输出功率使被测接收机不能正常工作;逐渐减小数字电视测试发射机2的输出功率,直至可接受的误码接收。

（4）记录被测接收机数字电视下邻频抑制比为本频道标准输入信号功率与此时下邻频道信号功率的比值。

4.3.9 抑制数字同频道信号干扰能力

1. 指标说明

数字同频干扰是指在地面数字电视广播工作频率的相同频率上,存在同频道来的数字电视信号干扰。

抑制数字同频道信号干扰能力,是以接收机在可接受误码接收的情况下,用欲接收地面数字电视信号功率与从同频道来的数字电视信号功率之比来衡量。其值越小,接收机抑制数字同频道信号干扰能力越强。接收机对同频数字电视信号干扰的抑制能力要求见表4-15。

表4-15 同频数字电视信号干扰的抑制能力要求

工作模式	载波模式	前向纠错码率	符号星座映射方式	帧头模式	交织深度/符号	C/I/dB
1	$C=3780$	0.4	16-QAM	PN945	720	≤8.5
2	$C=1$	0.8	4-QAM	PN595	720	≤7.0
3	$C=3780$	0.6	16-QAM	PN945	720	≤11.0
4	$C=1$	0.8	16-QAM	PN595	720	≤13.5
5	$C=3780$	0.8	16-QAM	PN420	720	≤13.5
6	$C=3780$	0.6	64-QAM	PN420	720	≤16
7	$C=1$	0.8	32-QAM	PN595	720	≤17

2. 测量平台

测量平台框图如图4-7所示。

3. 测量步骤

(1) 如图 4-7 所示连接测量系统,码流发生器输出标准活动图像序列,调整数字电视测试发射机的输出功率,使被测接收机输入电平为标准输入功率(-60dBm);

(2) 调整被测接收机使彩色监视器显示正常图像。

(3) 码流发生器 2 输出标准活动图像序列,接通数字电视测试发射机 2,将其置于数字电视测试发射机 1 的同频道,增大其输出功率使被测接收机不能正常工作;逐渐减小数字电视测试发射机 2 的输出功率,直至可接受的误码接收。

(4) 记录被测接收机数字电视同频道抑制比为本频道标准输入信号功率与此时数字电视信号发生器输出功率的比值。

4.3.10　0dB 回波最大时延

1. 指标说明

无线信号传输中需要处理的一个很重要的问题是多径问题。模拟电视中多径表现为电视画面上的重影,数字电视处理技术能有效地克服多径的影响。实际应用环境中,多径不局限于"自然"产生的,组成单频网时接收机会接收到来自多个数字电视广播发射站点的相同的节目信号,不同的发射站点信号到达接收机的时延不同,这就构成了人为的多径。

0dB 回波是指从径和主径具有相同的信号强度。抑制 0dB 回波的能力指标主要用于评价接收机在单频网中的适应能力。

接收机 0dB 回波的最大时延指标,用于衡量接收机在静态两径传输条件下的信道估计和均衡性能,反映接收机在单频网条件下的对抗回波长度或者两个单频网发射站到达接收机信号时间差的能力。在同样的工作模式下,能够抵抗的最大时延越大,反映系统的性能越好。接收机抵抗 0dB 回波的最大时延要求见表 4-16。

表 4-16　0dB 回波的最大时延要求

工作模式	载波模式	前向纠错码率	符号星座映射方式	帧头模式	交织深度/符号	0dB 最大时延/μs
1	$C=3780$	0.4	16-QAM	PN945	720	≥8.5
2	$C=1$	0.8	4-QAM	PN595	720	≥7.0
3	$C=3780$	0.6	16-QAM	PN945	720	≥11.0

续表

工作模式	载波模式	前向纠错码率	符号星座映射方式	帧头模式	交织深度/符号	0dB 最大时延/μs
4	$C=1$	0.8	16-QAM	PN595	720	≥13.5
5	$C=3780$	0.8	16-QAM	PN420	720	≥13.5
6	$C=3780$	0.6	64-QAM	PN420	720	≥16
7	$C=1$	0.8	32-QAM	PN595	720	≥17

2. 测量平台

抑制 0dB 回波的测量系统框图如图 4-5 所示。

3. 测量步骤

(1) 如图 4-5 所示连接测量系统,码流发生器输出标准活动图像序列,调整数字电视测试发射机的输出功率,使被测接收机输入电平为标准输入功率(−60dBm);

(2) 调整被测接收机使彩色监视器显示正常图像;

(3) 按多径模型设置信道模拟器,设置为两径 0dB 回波模式;

(4) 增加从径时延,直至被测接收机不能正常工作,再逐渐减小从径的时延,直至可接受的误码接收;

(5) 记录被测接收机 0dB 回波时延为此时从径相对主径的时延。

4.3.11　抑制 0dB 回波载噪比

1. 指标说明

该指标反映在静态两径传输条件下接收机抑制噪声干扰的能力。测量地面数字电视接收机在 $30\mu s$ 时延的 0dB 回波下的载噪比门限,该门限反映了接收机在单频网中恶劣接收信道条件下的接收能力。测量值越小表示系统在 0dB 回波下为了实现正常接收所需要的信噪比越小。在同样的工作模式下,所需的载噪比门限越低反映接收机的性能越好。接收机 0dB 回波载噪比门限要求见表 4-17。

表 4-17　0dB 回波载噪比门限要求

工作模式	载波模式	前向纠错码率	符号星座映射方式	帧头模式	交织深度/符号	C/N/dB
1	$C=3780$	0.4	16-QAM	PN945	720	≤11
2	$C=1$	0.8	4-QAM	PN595	720	≤11
3	$C=3780$	0.6	16-QAM	PN945	720	≤15
4	$C=1$	0.8	16-QAM	PN595	720	≤20.5
5	$C=3780$	0.8	16-QAM	PN420	720	≤20.5
6	$C=3780$	0.6	64-QAM	PN420	720	≤20.5
7	$C=1$	0.8	32-QAM	PN595	720	≤24.5

2. 测量平台

测量平台框图如图 4-5 所示。

3. 测量步骤

（1）如图 4-5 所示连接测量系统，码流发生器输出标准活动图像序列，调整数字电视测试发射机的输出功率，使被测接收机输入电平为标准输入功率（-60dBm）；

（2）调整被测接收机使彩色监视器显示正常图像；

（3）按多径模型设置信道模拟器，设置为两径 0dB 回波模式；

（4）设置从径时延为 30μs，接通高斯噪声发生器，增大噪声功率，使被测接收机不能正常工作；

（5）逐渐减小噪声功率，直至可接受的误码接收；

（6）记录此时载波功率与噪声功率的比值即为被测接收机 0dB 回波下的载噪比门限。

4.3.12　动态多径条件下的载噪比（动态多普勒载噪比）

1. 指标说明

动态多径是相对静态多径而言的，是收、发端处于相对运动时的多径环境。与静态多径环境不同的是，动态多径存在多普勒频移。

该指标衡量接收机在动态多径环境中抑制噪声干扰的能力,反映接收机在动态多径传输条件下的信道估计、均衡和跟踪性能,即移动情况下的接收能力。

GB/T 26683—2011 给出了接收机在动态多径条件下的多径信道模型参数,见表 4-18。

表 4-18　动态多径条件下的多径信道模型参数

路　径	幅度/dB	延时/μs	多普勒类别	路　径	幅度/dB	延时/μs	多普勒类别
回波 1	−3	0	莱斯	回波 4	−6	1.6	莱斯
回波 2	0	0.2	莱斯	回波 5	−8	2.3	莱斯
回波 3	−2	0.5	莱斯	回波 6	−10	5	莱斯

在上述动态多径信道模型条件下,接收机应至少能在最大多普勒频移设置为 70Hz 时达到表 4-19 的载噪比要求。

表 4-19　动态多径条件下的载噪比要求

工作模式	载波模式	前向纠错码率	符号星座映射方式	帧头模式	交织深度/符号	C/N/dB
1	$C=3780$	0.4	16-QAM	PN945	720	≤12.0
2	$C=1$	0.8	4-QAM	PN595	720	≤13.5
3	$C=3780$	0.6	16-QAM	PN945	720	≤17.0
4	$C=1$	0.8	16-QAM	PN595	720	不作要求
5	$C=3780$	0.8	16-QAM	PN420	720	不作要求
6	$C=3780$	0.6	64-QAM	PN420	720	不作要求
7	$C=1$	0.8	32-QAM	PN595	720	不作要求

2. 测量平台

动态多径载噪比测量系统框图如图 4-5 所示。

3. 测量步骤

(1) 如图 4-5 所示连接测量系统,码流发生器输出标准活动图像序列,调整数字电视测试发射机的输出功率,使被测接收机输入电平为标准输入功率(−60dBm);

（2）调整被测接收机使彩色监视器显示正常图像；

（3）按多径模型调整多径模拟器，所有路径多普勒频移设置为 70Hz；

（4）接通高斯噪声发生器，连续调整高斯噪声功率，直至可接受的误码接收；

（5）记录此时载波功率与噪声功率的比值为被测接收机动态多径载噪比门限。

4.3.13　动态多径条件下的最大多普勒频移

1.指标说明

动态多径的特点是多径中存在多普勒频移。由第 1 章介绍可知，多普勒频移与移动速度、信号载波频率、入射角有关。多普勒频移的最大值和接收机的运动速度、载波频率成正比。

该指标指在动态多径条件下接收机能承受的最大多普勒频移，反映接收机在动态多径传输条件下的信道估计、均衡和跟踪的性能，用于评估接收机的移动接收性能。在同样的工作模式下，动态多径条件下的多普勒频移上限越大，说明接收机在正常接收的前提下，能承受的移动速度越高，接收机高速移动时接收的性能越好。在表 4-18 所示的动态多径信道模型下，当载噪比为 $C/N+3\mathrm{dB}$ 时，最大多普勒频移应满足表 4-20 的要求。

表 4-20　动态多径条件下的最大多普勒频移要求

工作模式	载波模式	前向纠错码率	符号星座映射方式	帧头模式	交织深度/符号	抗多普勒频移/Hz
1	$C=3780$	0.4	16-QAM	PN945	720	≥130
2	$C=1$	0.8	4-QAM	PN595	720	≥120
3	$C=3780$	0.6	16-QAM	PN945	720	≥115
4	$C=1$	0.8	16-QAM	PN595	720	不作要求
5	$C=3780$		16-QAM	PN420	720	不作要求
6	$C=3780$	0.6	64-QAM	PN420	720	不作要求
7	$C=1$	0.8	32-QAM	PN-595	720	不作要求

2.测量平台

测量平台框图如图 4-5 所示。

3.测量步骤

(1) 如图 4-5 所示连接测量系统,码流发生器输出标准活动图像序列,调整数字电视测试发射机的输出功率,使被测接收机输入电平为标准输入功率-60dBm;

(2) 调整被测接收机使彩色监视器显示正常图像;

(3) 按多径模型调整多径模拟器,所有路径多普勒频移设置为 70Hz;

(4) 接通高斯噪声发生器,连续调整高斯噪声功率,直至可接受的误码接收;

(5) 在此基础上,调整高斯噪声发生器的功率使载噪比 C/N 的值增加 3dB。

(6) 增加多径模拟器中所有多径的多普勒频移频率值,直至被测接收机不能正常工作;

(7) 逐步减小所有多径模拟器的多普勒频移频率值,直至可接受的误码接收;

(8) 记录此时多普勒频移频率值即为被测接收机动态多径最大多普勒频移。

4.3.14　抗脉冲干扰能力

1.指标说明

脉冲干扰的特点是强度很大、持续时间较短、频带很宽。主要来源包括各种工业设备产生的电脉冲,各种医疗、电气设备产生的火花及雷电等引起的脉冲干扰。通常在家庭中搅拌器、电吹风、电冰箱等家电的启动关闭都会引起脉冲噪声干扰。干扰脉冲的脉宽越宽,其能量越集中,消除起来难度就越大。

该指标是指地面数字电视接收机抗脉冲噪声干扰的最大宽度,用于评估接收机抗短时间高强度脉冲干扰的性能。在同样的工作模式下,能抵抗的脉冲噪声干扰宽度越大,反映系统的性能越好。

规范要求在接收机接收到幅度为 $C/I=-3dB$、重复周期为 10ms 的脉冲噪声时,能抑制的干扰脉冲持续时长应满足表 4-21 的要求。

表 4-21　脉冲干扰的抑制能力要求

工作模式	载波模式	前向纠错码率	符号星座映射方式	帧头模式	交织深度/符号	脉冲宽度/μs
1	$C=3780$	0.4	16-QAM	PN945	720	≥100
2	$C=1$	0.8	4-QAM	PN595	720	≥70
3	$C=3780$	0.6	16-QAM	PN945	720	≥50

续表

工作模式	载波模式	前向纠错码率	符号星座映射方式	帧头模式	交织深度/符号	脉冲宽度/μs
4	$C=1$	0.8	16-QAM	PN595	720	≥35
5	$C=3780$	0.8	16-QAM	PN420	720	≥25
6	$C=3780$	0.6	64-QAM	PN420	720	≥25
7	$C=1$	0.8	32-QAM	PN595	720	≥25

2. 测量平台

抗脉冲干扰能力测量平台框图如图 4-8 所示。

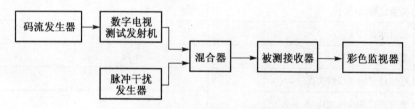

图 4-8　抗脉冲干扰能力测量平台框图

3. 测量步骤

（1）如图 4-8 所示连接测量系统，码流发生器输出标准活动图像序列，调整数字电视测试发射机的输出功率，使被测接收机输入电平为标准输入功率（−60dBm）；

（2）调整被测接收机使彩色监视器显示正常图像；

（3）设置脉冲信号发生器的脉冲重复周期为 10ms；

（4）调整脉冲幅度，使此时 C/I 的值为 −3dB，逐渐增大脉冲宽度，直至可接受的误码接收；

（5）记录此时脉冲宽度为被测接收机抑制脉冲干扰的最大宽度。

4.4　音视频性能指标

信道指标反映接收机射频解调及信道解码（信道解调）模块的性能。信道解调输出 TS 流至解复用模块进行解复用，产生的基本流送至音视频解码模块，解码后音频送至扬声器输出，视频信号经过格式变换后送至显示屏显示。音视频指标测试主要对接收机解复用及信源解码模块的性能进行客观、定量的评价。接收机音视频性能指标与测量方法同信道性能指标的测量略有不同。音视频性能指标的测量对于接收机工作模式和工作频率没有具体要求,无须进行多模式、多频点的测量。只需要根据接收机的具体工作模式和频率,选择一个合适的模式和频点即可。

在《地面数字电视接收器通用规范》(GB/T 26683—2011)中所规定的接收机音视频性能指标要求如表 4-22 所示。

表 4-22　音视频性能指标要求

分类	项　　目	单位	性 能 要 求
复合视频信号测量	视频信号输出电平(输出功率)	V	1.0±10%(包括同步信号)
	视频信号幅频响应	dB	±0.8(0.5~4.8MHz)
			−3~+1(4.8~6MHz)
	亮度信噪比(加权)	dB	≥56
	微分增益(P-P)	%	≤5
	微分相位(P-P)	°	≤5
	亮度信号的非线性失真	%	≤3
	亮度通道的线性响应(K 系数)	%	≤3
	色度/亮度信号的时延差	ns	在±30 以内
	色度/亮度信号的增益差	%	在±5 以内
	同步脉冲电平	mV	负极性,300±10%
	色同步信号电平信号功率	mV	负极性,300±10%
	色同步信号持续时间	μs	2.25±0.30
	行同步信号脉冲宽度	μs	4.7±0.40
	行同步脉冲前沿抖动	ns	≤20
音频信号测量	音频输出电平(输出功率)	V	0.775±10%
	音频幅频响应	dB	±2(20Hz~20kHz)
	音频信噪比	dB	≥70
	音频失真加噪声	%	≤1
	左右声道增益差	dB	≤0.5
	左右声道相位差	°	≤5
	左右声道串扰	dB	≤−60
	左右声道动态范围	dB	≥63

4.5　音视频指标测量

音视频信号质量的好坏直接影响用户对数字电视的体验。音视频测量通过特定的测量设备,给地面数字电视接收机提供音视频调制信号,通过接收机解调、解码处理后,还原出电视信号进行播放。音视频测量主要分为复合视频信号测量和音频信号测量两个方面。

4.5.1　复合视频信号测量

1.视频信号输出电平

1) 指标说明

视频信号波形图如图 4-9 所示。视频信号幅度由两个指标组成,白条幅度(视频电平)和同步脉冲幅度。

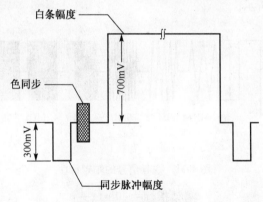

图 4-9　视频信号波形图

视频信号幅度不达标会影响图像的正常观看。同步脉冲幅度超出指标值会引起图像扭曲,甚至图像显示不稳定从而无法观看;白条幅度超出指标值会造成图像过亮或过暗。

标准的视频信号幅度为 1V(峰峰值),规范要求接收机输出的视频信号电平值应符合 1.0V±10%。

2) 测量平台

接收机复合视频信号测量平台主要由 4 部分组成,如图 4-10 所示。

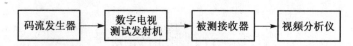

图 4-10　接收机复合视频信号测量平台框图

3）测量步骤

（1）如图 4-10 所示连接测量系统，码流发生器输出 100％平场信号的传输流；

（2）用视频分析仪读出视频输出白电平和同步电平之间的峰峰值，并记录为复合视频信号输出电平。

2. 视频信号幅频响应

1）指标说明

视频信号的幅频响是指从场频（低频）至系统标称截止频率（高频）的频带范围内，通道输入与输出之间相对于基准点频率的增益变化，以 dB 为单位。测试信号采用多波群信号（Multi Burst Signal），它由多波群旗信号（Multi Burst Flag Signal）和 6 组测试正弦波组成。频率分别为 0.5MHz、1.0MHz、2.0MHz、4.0MHz、4.8MHz、5.8MHz，如图 4-11 所示。

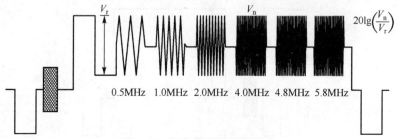

图 4-11　视频信号的幅频特性

$$幅频指标 = 20\lg\left(\frac{V_n}{V_r}\right)$$

式中：V_n 为采用测试信号时的增益，V_r 为基准点频率时增益。测试中经常采用 $\sin x/x$ 信号测量幅频特性。$\sin x/x$ 信号在频域上具有频谱连续、强度相等的特点。它可以连续地测量通道的幅频特性。幅频特性会影响图像清晰度，如果高频部分衰减大，那么图像细节会变淡，边缘轮廓会不清。

规范要求视频信号幅频响应符合：±0.8dB（0.5～4.8MHz），－3～1dB（4.8～6MHz）。

2）测量平台

测量平台框图如图 4-10 所示。

3) 测量步骤

（1）如图 4-10 所示连接测量系统，码流发生器输出 $\sin x/x$ 信号的传输流；

（2）用视频分析仪读出视频带内幅度随频率变化的曲线，并记录为复合视频信号幅频响应曲线。

3. 亮度信噪比

1) 指标说明

亮度信噪比是指在亮度信号的平坦部分输出电平与杂波（噪声）电平之比，以 dB 为单位。这里的杂波是指除有用信号以外的任何无用信号和各种电磁噪动的总称。由于高频的杂波干扰在图像上表现为细小的微粒，人眼不易察觉，因此加上一个加权网络，使干扰的情况符合人眼观看的实际状况，这就是信噪比的加权。一般在 0、50％、100％电平上测量噪声电平，取最大值作为指标。图 4-12 所示为 50％平场信号。

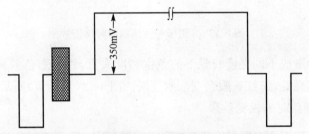

图 4-12 50％平场信号

亮度信噪比直接反映图像信号的优劣程度，指标超标，会造成图像上出现雪花、横纹、斜纹等，影响图像的正常观看。

视频信号加权亮度信噪比应大于等于 56dB。

2) 测量平台

测量平台框图如图 4-10 所示。

3) 测量步骤

（1）如图 4-10 所示连接测量系统，码流发生器输出亮度小斜坡信号的传输流；

（2）用视频分析仪读出亮度信噪比，测量时加 100kHz 高通滤波器、6MHz 低通滤波器、色度副载波陷波器、倾斜补偿和统一加权网络，并记录为复合视频信号亮度信噪比。

4. 微分增益

1) 指标说明

由于图像亮度信号幅度变化引起的色度信号幅度（色饱和度）的失真称为微分增益(Differential Gain, DG)失真。

如图 4-13 所示,5 级带色度调制的阶梯信号通过被测通道后,计算各阶梯上的色度幅度值之间的最大差值。微分增益表示为

$$DG = \frac{A_{max} - A_{min}}{A_{max}} \times 100\%$$

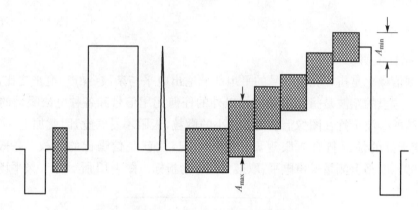

图 4-13　5 级带色度调制的阶梯信号

微分增益会造成不同亮度背景下的色饱和度失真,影响彩色效果。例如,穿鲜红衣服从暗处走向亮处,鲜红衣服会变浓或变淡。图 4-14(见插页)所示为 5 阶梯红色在发生 20%微分增益时的视觉效果。

图 4-14　5 阶梯红色在发生 20%微分增益时的视觉效果

接收机输出的视频信号微分增益应小于等于 5%。

2) 测量平台

测量平台框图如图 4-10 所示。

3) 测量步骤

(1) 如图 4-10 所示连接测量系统,码流发生器输出彩色阶梯信号的传输流;

(2) 用视频分析仪读出微分增益,并记录为复合视频信号的微分增益。

5. 微分相位

1) 指标说明

由于图像亮度信号幅度变化引起的色度信号相位的失真称为微分相位失真。如图 4-13 所示,5 级带色度调制的阶梯信号通过被测通道后,计算各阶梯上的色度副载波的相位角和消隐电平(黑电平)上副载波信号的相位角之差,超前为正。

微分相位会造成在不同亮度背景下的色调失真,影响彩色效果。例如,穿鲜红衣服从暗处走到亮处,鲜红衣服会变偏黄或偏紫。图 4-15(见插页)所示为 5 阶梯红色在发生 19°微分相位时的视觉效果。

图 4-15　5 阶梯红色在发生 19°微分相位时的视觉效果

接收机输出视频信号的微分相位应小于等于 5°。

2) 测量平台

测量平台框图如图 4-10 所示。

3) 测量步骤

(1) 如图 4-10 所示连接测量系统,码流发生器输出彩色阶梯信号的传输流;

(2) 用视频分析仪读出微分相位,并记录为复合视频信号的微分相位。

6. 亮度信号的非线性失真

1) 指标说明

该指标衡量从消隐电平到白电平之间变化的线性度。

如图 4-16 所示,5 级幅度的阶梯信号(每级 140mV)通过被测通道后,按下式计算亮度信号的非线性失真,即

$$非线性失真 = \frac{A_{max} - A_{min}}{A_{max}} \times 100\%$$

若该指标超标,则会导致图像失去灰度、层次减少、分辨率降低,并且由于色度信号叠加在亮度信号上,会导致色饱和度失真。

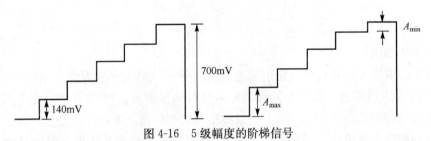

图 4-16　5 级幅度的阶梯信号

接收机输出视频信号的亮度非线性失真应小于等于 3％。

2）测量平台

测量平台框图如图 4-10 所示。

3）测量步骤

（1）如图 4-10 所示连接测量系统，码流发生器输出亮度 5 阶梯信号的传输流；

（2）用视频分析仪读出亮度信号非线性失真，并记录为复合视频信号的亮度信号非线性失真。

7. 亮度通道的线性响应（K 系数）

1）指标说明

此测量项目检查接收机的复合视频输出的亮度通道的线性波形响应。

K 系数指标是评价电视信号质量优劣的重要指标之一，在把各种波形失真按人眼视觉特性给予不同评价的基础上来度量图像损伤，这里的失真是指短时间的波形失真。

为了能够较好地反映出被测通道的高频传输特性，目前广泛采用"2T 正弦平方波与条脉冲"来进行测量。2T 脉冲的波形如图 4-17（a）所示，它非常近似于以 $E(t) = \sin^2\left[\left(\dfrac{\pi}{2}\right)\dfrac{t}{l}\right]$ 定义的脉冲波形。式中，l 为脉冲半幅值点之间的宽度，其频宽正好就是电视信号所规定的频带宽度，即它可由频率为 0Hz～6MHz 连续分布的许多正弦波叠加而成。若被测系统带宽不够，则会引起脉冲幅度下降，产生振铃振荡。没有相位失真时，振荡对称；有相位失真时，振荡不对称。其波形如图 4-17（b）所示。

K 系数计算公式为

$$K\text{ 系数} = \frac{a}{2P} \times 100\%$$

式中，a 和 P 的含义如图 4.17 所示。K 系数反映在图像上为小面积部分、细节、边缘、轮廓等的失真，往往会在图像上造成重影、镶边等现象，影响质量。一般来讲，在 $K = 5\%$ 时所对应的图像质量下降人眼即可觉察。

接收机输出的视频信号 K 系数应小于等于 3％。

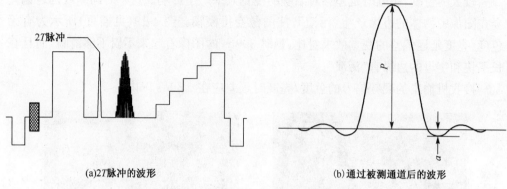

(a)2*T*脉冲的波形　　　　　　　　　　　　(b)通过被测通道后的波形

图 4-17　2*T* 脉冲及通过被测通道后波形

2）测量平台

测量平台框图如图 4-10 所示。

3）测量步骤

（1）如图 4-10 所示连接测量系统，码流发生器输出 2*T* 脉冲、调制的 20*T* 脉冲和条信号的传输流；

（2）用视频分析仪读出 Kb、Kpb、Kp，取三者中绝对值最大者记录为复合视频信号 *K* 系数。

8. 色度/亮度信号的时延差

1）指标说明

该参数是指视频信号的色度分量通过系统的时间与相应的亮度分量通过系统的时间差值。因为色度分量时延大于亮度分量时延，所以其值为正。

通常可以用具有 3.58MHz（PAL 制式时使用 4.43MHz）调制的"12.5*T* 正弦-方波脉冲"测试该项指标。通过分析信号的基线来测量延时误差。如果基线是直线，那么没有延时误差；如果色度超前或滞后亮度，那么基线将产生波动。同时，从基线的波动中还可以看出色度与亮度的先后关系（见图 4-18）。当向上的波动出现在波形的左侧时，表示色度落后，延时误差取正值；反之，表示色度超前，延时误差取负值。

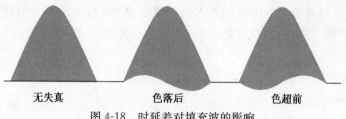

无失真　　　　　　　　　　色落后　　　　　　　　　　色超前

图 4-18　时延差对填充波的影响

较大的色度/亮度时延差会对系统的视觉效果产生影响。这一时间差或延迟偏差会在图像中物体的边缘产生"污渍",使图像变得模糊。图 4-19(见插页)所示为有无色度/亮度延迟偏差的视觉效果对比,延时 300ns 的图像看起来不仅不够清晰,而且在长条块和字母的边缘有"污渍"。

接收机输出的视频信号的色度/亮度时延差应在±30ns 以内。

(a)没有色度/亮度时延差的图像　　　　(b)色度/亮度延时300ns的图像

图 4-19　色度/亮度时延差的影响

2) 测量平台

测量平台框图如图 4-10 所示。

3) 测量步骤

(1) 如图 4-10 所示连接测量系统,码流发生器输出 2T 脉冲、调制的 20T 脉冲和条信号的传输流;

(2) 用视频分析仪读出色度/亮度时延差,并记录为复合视频信号的色度/亮度时延差。

9. 色度/亮度信号的增益差

1) 指标说明

把一个具有规定的亮度和色度分量幅度的测试信号通过被测通道,输出端信号中亮度分量和色度分量幅度比的改变称为色度/亮度增益差。

色度/亮度增益差影响图像的饱和度失真。例如,当增益差为负时,图像色彩变淡,暗淡,人物神色不佳;当增益差为正时,颜色过浓、轮廓不分明,类似儿童填色画,缺乏真实感。

接收机输出的视频信号色度/亮度增益差应在±5％以内。

2) 测量平台

测量平台框图如图 4-10 所示。

3）测量步骤

（1）如图 4-10 所示连接测量系统，码流发生器输出 $2T$ 脉冲、调制的 $20T$ 脉冲和条信号的传输流；

（2）用视频分析仪读出色度/亮度增益差，并记录为复合视频信号的色度/亮度增益差。

10. 行同步脉冲电平

1）指标说明

行同步信号起到对每行信号同步的作用。保证所有的行信号处于同步位置，保证图像正常显示。行同步脉冲电平过大或过小，会导致显示图像发生扭曲，甚至无法显示。如图 4-20（见插页）所示为行同步电平偏低造成图像扭曲。

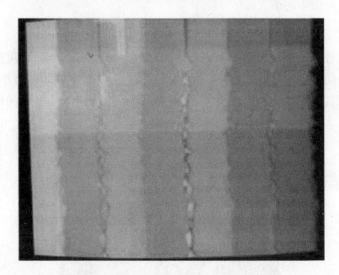

图 4-20　同步电平偏低造成图像扭曲

在《地面数字电视接收器测量方法》（GB/T 26684—2011）中，给出了接收机同步信号的测量波形，如图 4-21 所示。接收机输出视频信号的行同步脉冲应符合：负极性，$300\mathrm{mV}\pm10\%$（峰峰值）。

2）测量平台

测量平台框图如图 4-10 所示。

3）测量步骤

（1）如图 4-10 所示连接测量系统，码流发生器输出 100% 彩条信号的传输流；

（2）用视频分析仪或示波器读出视频输出同步特性参数，并记录。

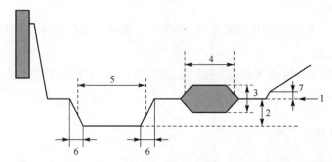

1.消隐电平；2.行同步信号电平；3.色同步信号电平；4.色同步信号持续时间；
5.行同步信号脉冲宽度；6.行同步信号脉冲边沿建立时间；7.黑电平与消隐电平之差

图 4-21　同步信号测量的信号波形图

11. 色同步信号电平

1) 指标说明

色同步信号电平测量波形如图 4-21 所示。色同步信号起到对色度信号同步的作用。色度信号同步显示，使图像色彩真实显示。色同步电平过大或过小，会导致图像色彩严重失真甚至图像无色彩。图 4-22(见插页)所示为色同步信号偏低时图像偏色或无色。

图 4-22　色同步信号偏低时图像偏色或无色

接收机输出视频信号的色同步信号电平值应符合：负极性，300mV±10％(峰峰值)。

2) 测量平台

测量平台框图如图 4-10 所示。

3) 测量步骤

具体测量步骤同"行同步信号电平"测量步骤。

12. 色同步信号持续时间

1）指标说明

色同步信号持续时间与色同步信号电平一样，用于对接收机中振荡器进行锁相控制，起到对色度信号的同步作用。

色同步信号持续时间的测量波形如图 4-21 所示。接收机输出的视频信号的色同步信号持续时间应符合 $(2.25\pm0.30)\mu s$。

2）测量平台

测量平台框图如图 4-10 所示。

3）测量步骤

具体测量步骤同"行同步信号电平"的测量步骤。

13. 行同步信号脉冲宽度

1）指标说明

行同步信号脉冲宽度与行同步信号电平一样，是针对行同步信号的测量参数，起到对每行信号的同步作用。

行同步信号脉冲宽度测量波形如图 4-21 所示。接收机输出视频信号的行同步信号脉冲宽度应符合 $(4.7\pm0.40)\mu s$。

2）测量平台

测量平台框图如图 4-10 所示。

3）测量步骤

具体测量步骤同"行同步信号电平"的测量步骤。

14. 行同步脉冲前沿抖动

1）指标说明

此测量项目检查接收机复合视频输出信号水平同步定时的变化，用以评估行同步信号的前沿触发的产生。如果行同步脉冲前沿抖动过于频繁，且幅度过大，那么将导致行触发无法识别，使行同步失效。

接收机输出视频信号的行同步前沿抖动应小于等于 20ns。

2）测量平台

测量平台框图如图 4-10 所示。

3) 测量步骤

(1) 如图 4-10 所示连接测量系统,码流发生器输出任一视频测量信号的传输流;

(2) 用视频分析仪读出行长时间同步前沿抖动的最大值,并记录为复合视频信号行同步前沿抖动。

4.5.2　音频信号测量

1. 音频输出电平

1) 指标说明

音频输出电平是指设备重放时输出通道在输出波形不失真的条件下所测得到的左右声道的电平值,该指标检查接收机输出的不失真最大音频信号电平。

接收机输出音频的输出电平应符合 $0.775V_{rms} \pm 10\%$。V_{rms} 是电压的均方根值,表示交流信号的有效值或有效直流值。对于正弦波,V_{rms} 是峰值的 0.707 倍,或者是峰峰值的 0.354 倍,用电压表即可测量。

2) 测量平台

地面数字电视接收机的音频信号测量平台主要由 4 部分组成,如图 4-23 所示。

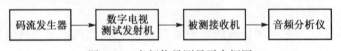

图 4-23　音频信号测量平台框图

3) 测量步骤

(1) 如图 4-23 所示连接测量系统,码流发生器输出左(L)、右(R):997Hz,0dB 正弦波音频测量信号的传输流;

(2) 将被测接收机音量置于最大;

(3) 用音频分析仪测量被测接收机的音频输出端的输出电平;

(4) 记录被测接收机两通道音频输出电平为步骤(3)状态下的输出电平。

2. 音频幅频响应

1) 指标说明

音频幅频响是指音响设备重放时的频率范围和声波的幅度随频率的变化关系。一般检测此项指标以 1000Hz 的频率幅度为参考,并用对数以分贝为单位表示频率的幅度。

该指标用来评估接收机输出音频信号的幅频特性,测量从 20Hz～20kHz 频率范围内所有频点的幅度值,反映还原出的音频信号的声音品质。

接收机输出音频信号的幅频响应应满足 $\pm 2dB$(20Hz～20kHz)。

2) 测量平台

测量平台如图 4-23 所示。

3) 测量步骤

(1) 如图 4-23 所示连接测量系统,将被测设备的控制器调到规定的标准位置;

(2) 以 997Hz 作为参考频率;

(3) 码流发生器输出含 L,R:997Hz,0dB 正弦波信号的音频测量序列的传输流,并用音频分析仪测量出左声道信号电平;

(4) 在相同的输入信号电平下,对左声道其他频率(20Hz~20kHz)重复进行同样的测量,并计算其与参考频率的电平差;

(5) 重复步骤(3)~(4),测量右声道的幅频响应特性。

3. 音频信噪比

1) 指标说明

音频信噪比是指音响系统对音频信号的重放声与整个系统产生的新的噪声的比值,其噪声主要有热噪声、交流噪声、机械噪声等。一般检测此项指标以重放信号的额定输出功率与无信号输入时系统噪声输出功率的对数比值(分贝)来表示。

接收机输出音频信号的信噪比应大于等于 70dB。

2) 测量平台

测量平台如图 4-23。

3) 测量步骤

(1) 如图 4-23 所示连接测量系统,将被测设备的控制器调到规定的标准位置;

(2) 码流发生器输出含 L,R:997Hz,0dB 正弦波信号的音频测量序列的传输流;

(3) 调节增益控制器将被测设备音量输出调至最大;

(4) 用音频分析仪分别测出左、右声道的信噪比。

4. 音频失真加噪声

1) 指标说明

音频失真加噪声是音频功率放大器的一个主要性能指标,也是音频功率放大器的额定输出功率的一个条件。实际的音频功率放大器有各种谐波造成的失真和由器件内部或外部造成的噪声。音频失真加噪声为整个规定带宽范围内其他所有频率成分(包括谐波和噪声)的总有效值与基波的比值,单位为%、ppm、dB 或 dBc。

接收机输出音频信号的音频失真加噪声应小于等于 1%。

2) 测量平台

测量平台如图 4-23 所示。

3) 测量步骤

(1) 如图 4-23 所示连接测量系统,将被测设备的控制器调到规定的标准位置;

(2) 码流发生器输出含 L、R:997Hz,—20dB 正弦波信号的音频测量序列的传输流;

(3) 用音频分析仪测量被测设备左声道音频输出端的失真加噪声;

(4) 记录数值,用百分率表示;

(5) 重复步骤(2)~(4),测量右声道的失真加噪声。

5. 左右声道增益差

1) 指标说明

左右声道增益差是接收机左右声道输出电平的差值,以分贝表示。

左右声道增益的差别代表立体放音系统的立体声平衡度。如果不平衡度过大,那么重放的立体声的声像定位将产生偏移。

接收机输出音频信号的左右声道增益差应小于等于 0.5dB。

2) 测量平台

测量平台如图 4-23。

3) 测量步骤

(1) 如图 4-23 所示连接测量系统,将被测设备的控制器调到规定的标准位置,将增益控制器调到最大位置;

(2) 码流发生器输出含 L、R:997Hz,—20dB 正弦波信号的音频测量序列的传输流;

(3) 用音频分析仪分别测量被测设备左、右音频输出端的电平;

(4) 算出左右声道的电平差。

6. 左右声道相位差

1) 指标说明

音频左右声道相位差就是当两个声道输入同一频率的信号时,由电路延时差异造成的相位差别。通常以 1kHz 为标准,所测值是相位,单位为度。

接收机输出音频信号的左右声道相位差应小于等于 5°。

2) 测量平台

测量平台如图 4-23 所示。

3）测量步骤

（1）如图 4-23 所示连接测量系统，将被测设备的控制器调到规定的标准位置；

（2）码流发生器发出含 L、R：997Hz，−20dB 正弦波信号的音频测量序列的传输流；

（3）用音频分析仪测量被测设备左右音频输出端的相位；

（4）算出左右声道的相位差。

7. 左右声道串扰

1）指标说明

左右声道串扰表示被测接收机解码输出双声道音频信号时，在具有立体声声道（L、R 声道）的输出端从一个声道泄漏到另一声道的情况。

测量时向被测接收机的一个声道送入信号，另一个声道不输入信号，读取左、右声道的电平值，相减得出左右声道串扰值，即有信号输出的声道对没有信号输出的声道的影响。左右声道串扰以分贝表示。

左右声道串扰值实际上反映了左、右两个声道相互串扰的程度。如果两个声道之间串扰较大，那么重放声音的立体感将减弱。

接收机输出音频信号的左右声道串扰值应小于等于−60dB。

2）测量平台

测量平台如图 4-23。

3）测量步骤

（1）如图 4-23 所示连接测量系统，将被测设备的控制器调到规定的标准位置。

（2）码流发生器分别发出带 L：997Hz、0dB 正弦波信号，R：数字无声的音频测量序列的传输流。

（3）用音频分析仪测量被测设备的左声道音频输出电平和右声道串扰信号电平。

（4）码流发生器分别发出带 R：997Hz、0dB 正弦波信号，L：数字无声的音频测量序列的传输流。

（5）用音频分析仪测量被测设备的右声道音频输出电平和左声道串扰信号电平。

（6）算出差值取绝对值即为左声道到右声道的泄漏、右声道到左声道的泄漏。

8. 左右声道动态范围

1）指标说明

动态范围是指音响系统重放时最大不失真输出功率与静态时系统噪声输出功率之比的对数值，单位为 dB。

通俗地讲,动态范围是指功率放大器在同时放大强信号和弱信号时,输出的大音量的强信号和小音量的弱信号之间的响度之差。功率放大器有较高的动态范围,可以保证它在输出强劲震撼的音乐的同时也不失微小细节的表现,能让人产生既有震撼力也不失细腻的听感。

接收机输出音频信号的左、右声道动态范围应大于等于 63dB。

2) 测量平台

测量平台如图 4-23 所示。

3) 测量步骤

(1) 如图 4-23 所示连接测量系统,将被测设备的控制器调到规定的标准位置;

(2) 码流发生器分别发出 L、R：997Hz,－60dB 正弦波信号的音频测量序列的传输流;

(3) 用音频分析仪测出左、右声道的输出电平;

(4) 用音频分析仪测量失真加噪声电平;

(5) 用上面的结果计算出动态范围。

第5章 常用测试仪器

前4章侧重于国标地面数字电视产品与网络覆盖质量测试方法的介绍,本章介绍地面数字电视广播系统各个环节的测试项目与常用测试仪器,以方便读者了解地面数字电视广播系统工程的实施、验收过程,以及测试环境的设计和测试平台的搭建。

5.1 测 试 节 点

图 5-1 所示为地面数字电视广播系统测试节点框图。

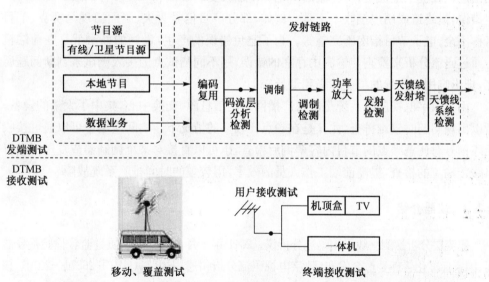

图 5-1 地面数字电视广播系统测试节点框图

(1)码流层分析检测。通过码流分析仪来检查传输流中存在的错误。例如,部分节目信号丢失、画面出现马赛克、节目名称不全、电子节目指南不完整等。

(2)调制检测。对调制器输出的 RF 信号进行检测,包括调制误差率、比特误码率、信号功率、信道频响测试、星座图测试、相位抖动、I/Q 幅度平衡性、I/Q 正交误差、带肩测试、SFN 测试、信号峰均比测试、CCDF 等。

(3)发射检测。综合测试功率电平、邻频道功率、调制质量、噪声情况、交流电干扰、带内、带外侵入信号等。

（4）天馈线系统检测。在天馈线射频传输线、接头、转接器、天线、其他射频器件和系统中查找问题。测试天线的增益、输入阻抗、驻波比、极化方式和回波损耗等。

（5）移动、覆盖测试。测试无线信号覆盖范围、覆盖信号质量。

（6）终端接收测试。对信号关键指标进行测试，保证用户无线信号准确接收，能观看清晰的电视节目。

5.2 码流层分析检测

5.2.1 测试说明

传输流（TS）通过前端的接收机、编码器、复用器、调制器、激励器等环节最后输出到用户。在整个过程中，传输流的产生和传输会受到硬件和环境多种因素的影响而产生错误，最终造成用户接收不正常。例如，部分节目信号丢失、画面出现马赛克、节目名称不全、电子节目指南不完整等。为了避免错误的产生，最好的办法就是在前端机房通过码流分析来检查传输流中存在的错误，用不同测试点的接入测试来判断问题所在，把影响用户收看的可能性降到最低。

因为数字电视前端系统是电视广播网络的信息源、交换中心，集中了大量的设备，所以出现问题时较难排查，尤其是在频点比较多的情况下。实际应用中可以通过接收无线信号对任意频点的节目内容解调后检查，也可以直接对某个调制器或复用器进行单路传输流的检查，提高前端工作人员的效率，用较短的时间排除系统故障。

5.2.2 仪器介绍

码流层分析检测一般采用码流分析仪。2011 年 1 月 14 日，国家质量监督检验检疫总局、国家标准化管理委员会发布《数字电视码流分析仪通用规范》（GB/T 26274—2010），该规范规定了数字电视码流分析仪的技术、功能要求。码流分析仪应具备以下功能。

（1）码流在线分析与离线分析。码流分析仪应同时具备在线分析和离线分析功能。在线分析时能实时监测分析当前通过异步串行口（Asynchronous Serial Interface，ASI）输入的码流，离线分析能够对存放在存储介质中的码流文件进行读取和分析。其最大输入码率应大于等于 55Mbit/s。

（2）码流状态监测。以显著方式给出码流的当前状态，包括码流的通断和品质情况。

（3）码流结构分析。显示当前码流的结构，包括各节目的节目号、节目名称、节目所含基本流所在传输流包的 PID、基本流类型，和除此以外其他所有出现在当前传输流的 PID 及其类型。

（4）码流基本信息分析。码流基本信息包括：TS ID、网络 ID、网络名称、原始网络 ID、PID 数、节目数和 TS 传输比特率等。

（5）节目信息分析。包括当前码流中所有节目的节目信息和各节目对应的事件信息。节目信息包括节目 ID、节目名称、提供商、是否加密、运行状况、节目类型等；事件信息包括事件标识（event_id）、是否加密、开始时间、持续时间、运行状态、事件名称、事件描述等。

（6）PES 基本信息分析。包括当前码流中所有 PES 所在传输流包的 PID、对应类型、所属节目和 PES 包长度。

（7）PSI/SI 表和描述符分析。给出当前码流中所有 PSI/SI 表的详细内容，包括各个表中各字段的名称和对应值。PSI/SI 表有：PAT、PMT、CAT、TSDT、SDT、BAT、EIT、NIT、RST、DIT、SIT、TDT、TOT 等，这些表的语法结构应符合 GB/T 17975.1 及 GY/T 230-2008 中的规定。对于 PSI/SI 各表中出现的相应描述符，应能给出其详细内容，即各个字段的名称和相应值。

（8）ETSI TR101 290 三级错误监测。DVB 系统测试指南（DVB measurement guidelines for DVB systems）ETSI TR101 290 将码流错误分为三种级别。三种级别的错误类型和导致的接收端现象如表 5-1 所示。

表 5-1　ETSI TR101 290 三级错误类型及现象

级别	错 误 类 型	接 收 端 现 象
一级错误	同步丢失错误	黑屏、静帧和马赛克、画面不流畅现象
	同步字节错误	黑屏、静帧和马赛克、画面不流畅现象
	PAT 错误	搜索不到节目或节目搜索错误
	连续计数错误	马赛克
	PMT 间隔错误	搜索不到节目或节目搜索错误
	PMT 加扰错误	搜索不到节目或节目搜索错误
	PTD 错误	黑屏、静帧、马赛克等所有异常现象
二级错误	传送错误	黑屏、静帧和马赛克、画面不流畅现象
	CRC 错误	黑屏、静帧和马赛克、画面不流畅现象
	PCR 间隔错误	音视频不同步或图像颜色丢失
	PCR 非连续标志错	音视频不同步或图像颜色丢失
	PCR 抖动错误	音视频不同步或图像颜色丢失
	PTS 错误	音视频不同步
	TS 包加扰错误	只对加扰节目有影响，为轻微错误
	CAT 错误	无法正确处理 CA 信息，为轻微错误

级别	错 误 类 型	接收端现象
三级错误	NIT ID 错误	无异常现象,码流分析仪的三级错误为轻微错误
	NIT 间隔错误	
	NIT 其他错误	
	SI 重复率错误	
	缓冲器错误	
	非指定 PID 错误	
	SDT ID 错误	
	SDT 当前间隔错误	
	SDT 其他间隔错误	
	EIT ID 错误	
	EIT 当前间隔错误	
	EIT 其他间隔错误	
	EIT PF 错误	
	RST 错误	
	TDT 错误	
	空缓冲器错误	
	数据延迟错误	

　　码流分析仪应能同时检测当前码流中各级别错误情况,并以显著方式呈现当前所处的错误状态,错误的判据应符合 ETSI TR101 290 的定义。对于第一级错误中的 PID 错误测试,应能由用户设置当前码流中各待测 PID 的最大时间间隔。

　　(9) 错误日志。记录 ETSI TR101 290 定义的各级别错误的监测情况,包括错误发生的时间、所在节目、对应的 PID、错误信息描述等。

　　(10) PCR 抖动测量。测量 PCR 抖动并显示测量结果。

　　(11) 比特率测量。能够给出当前码流的比特率、码流中各节目的比特率、空包等节目外 PID 对应的比特率。码流中各节目的比特率指待测节目 PMT 表所指定的全部 PID 对应的数据流比特率之和(包含 PMT 表)。

　　(12) 码流录制和回放。码流录制应能提供带时间标记录制和不带时间标记录制两种格式,录制码流的长度可由用户设置。提供定时录制方式和/或触发录制方式,定时录制方式能提供延迟记录开始时间设置;触发录制方式可选择 ETSI TR101 290 三级错误中任意一项错误或多项错误的组合作为触发条件,并提供超前录制功能以便使所关注错误的发生位置位于录制文件的中间位置。码流回放可单次回放,也可循环回放。

(13) TS 包捕获。对当前码流中的任意 PID 所对应的 TS 包进行捕获并显示其内容。

5.2.3 常用仪器

市面上码流分析仪产品较多,功能均较完善。这里主要介绍两款设备。

1. ETL 电视信号分析仪

罗德与施瓦茨(R&S)公司出品的 ETL 电视信号分析仪是一款多制式电视信号分析平台。ETL 可以在其软硬件平台上集成多种电视标准,不仅支持模拟电视制式,还支持 DTMB、DVB-T/H、DVB-C、ATSC、T-DMB/DAB 的实时解调输出,并具有解码和码流分析功能。设备外形如图 5-2 所示。

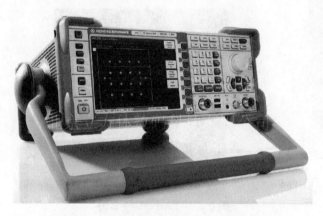

图 5-2　ETL 电视信号分析仪外形图

ETL 集电视测试、接收和频谱分析于一体,具有较高的测量精度。通过集成各种选件,ETL 可以具备以下功能。

(1) 多制式兼容平台,支持 DTMB,DVB-C,DVB-T/H,ATSC,T-DMB/DAB 和模拟电视。

(2) 基于芯片和软件的解码器,支持基带信号输出。

(3) 丰富的电视信号分析功能,所有解调器均为实时处理。

(4) 系统内集成有频谱分析仪。

(5) 内置 TS 记录、播放和硬件解码模块,在线观测图像。

(6) TS 分析功能,涵盖三级错误、PCR/PTS/Bit Rate 深度测试、数据广播和监测模块功能。

（7）支持软件和硬件扩展。

ETL可用于电视发射机调试、安装和维护、地面电视的覆盖测量，电视前端系统的监测、解码和码流分析等。其设计紧凑轻便，不仅适于固定使用，还可以作为便携仪器。因此，ETL不仅可以应用于数字电视广播系统的安装、组网和覆盖测试，也可以作为校准设备用于实验室。使用它接收空中信号进行码流分析，可大大提高效率。

2. 袖珍式码流分析仪 BTA-P200

蓝拓扑 BTA-P200 是袖珍式码流分析设备，它提供了标准的 DVB 输入与输出接口——异步串行口。通过 USB 接口与个人计算机相连，用户可以分析各种形式的数字电视 TS 信号，如标准测试信号、影音资料、数字码流等。BTA-P200 是一个操作简单、便于携带的数字电视码流分析设备，其外形如图 5-3 所示。

图 5-3　BTA-P200 外形图

BTA-P200 包含 14 个功能模块。可进行 ASI、IP、RF 码流的实时分析和离线分析，支持节目解码、分析监测、码流发送、码流录制等功能。其功能模块如表 5-2 所示。

表 5-2　BTA-P200 功能模块

模　　块	说　　明
基本信息	点击进入【基本信息】功能模块，信息内容包括传输速率、包长、音视频带宽、复用结构（音视频加密信息、PCR_PID）、节目列表、290 监测、PID 数量、网络名称等
290监测	点击进入【TR101 290 监测】功能模块，涉及 TR101 290 的三级检错和具体事件的描述、错误计数等信息

续表

模　块	说　明
节目信息	点击进入【节目信息】功能模块,包括节目业务的提供者、节目业务类型、节目复用结构、视频流、音频流的基本信息描述等
带宽信息	点击进入【带宽信息】功能模块,可以按照表格、拼图、历史数据三种样式显示码流中存在的各种类型的 PID 带宽、所占比例,并做出完整的带宽统计
PSI/SI信息	点击进入【PSI/SI 信息】功能模块,对各种表的完整显示,深入到最低层的描述子,Section 间隔信息,支持树形和表格形显示
PCR分析	点击进入【PCR 分析】功能模块,包括 PCR 间隔、PCR 精度基本功能,支持"曲线图和直方图"转换
语法分析	点击进入【语法分析】功能模块,用来对数据流语法解释,包括 PID、PES、Section 的分析、语法图等信息,给用户提供了一个强大的语法分析工具
错误捕获	点击进入【错误捕获】功能模块,可根据用户需要捕获指定类型的错误数据,方便用户进行分析
缓冲区分析	点击进入【缓冲区分析】功能模块,参考 T-SDT 解码模型的再现;直观再现各缓冲区的大小、出入口速率等信息
射频信息	点击进入【射频信息】功能模块,可设置解调参数,锁定后,显示射频指标
EPG信息	点击进入【EPG 信息】功能模块,提供了查询各码流、各节目的电子节目信息的功能
发送	点击进入【发送】功能模块,控制发送码流
DSM-CC	点击进入【DSM-CC】功能模块,显示分析的数据广播码流中的业务信息
自定义	可将【基本信息】、【带宽信息】、【PSI/SI 信息】、【PCR 分析】、【缓冲区分析】、【射频信息】的星座图信息、【EPG 信息】中的窗口添加到自定义窗口以组成一个窗口,方便用户对比查看

5.3 射频信号检测

5.3.1 测试说明

1. 调制后检测

对调制器输出的 RF 信号进行检测,要求兼容单载波和多载波双模式,主要测试调制相关指标。测试目的是在信号发射前进行检测把关,提高发送传输质量。

(1) 测试 RF 信号的调制误差率、比特误码率、信号功率、信道频响特性、星座图;

(2) 测试相位抖动、I/Q 幅度平衡性、I/Q 正交误差、信号带肩、SFN、信号峰均比、CCDF 等;

(3) 调制类型、帧头模式、编码效率、交织模式;

(4) 干扰查找与监测、信号分析检测。

2. 功率放大后检测

综合测试功率电平、邻频道功率、调制质量、噪声情况、交流电干扰、带内与带外侵入信号等。

5.3.2 仪器介绍

测量射频信号质量使用最广泛的设备就是频谱分析仪。频谱分析仪可以测量射频信号的多种特征参数,包括频率、选频功率、带宽、邻频道功率、调制波形、场强等。频谱分析仪应用十分广泛,被称为工程师的射频万用表。

频谱分析仪系统主要的功能是显示输入信号的频谱特性。频谱分析仪依信号处理方式的不同,一般有两种类型:即时频谱分析仪(real-time spectrum analyzer)与扫描调谐频谱分析仪(sweep-tuned spectrum analyzer)。即时频率分析仪在同一时间显示频域的信号振幅,针对不同的频率信号有相对应的滤波器与检测器,再经由同步的多工器将信号传送到 CRT 屏幕上。其优点是能显示周期性杂散波(periodic random waves)的瞬间反应,其缺点是价格昂贵且性能受限于频宽范围、滤波器的数目、最大的多工交换时间(switching time)等。最常用的频谱分析仪是扫描调谐频谱分析仪,其基本结构类似超外差式接收器,输入信号经衰减器直接外加到混频器,混频后产生的中频信号经放大、滤波和检波后送到 CRT 的垂直方向板,在 CRT 上显示信号振幅与频率的对应关系。

频谱分析仪最常用的参数是分辨率带宽（RBW），它反应了频谱分析仪滤波器的带宽。RBW 代表能清楚分辨两个不同频率信号的最低带宽。如果两个信号的频率差异低于频谱分析仪的 RBW，那么两信号将重叠，难以分辨。较低的 RBW 固然有助于不同频率信号的分辨与测量，但低的 RBW 将滤除较高频率的信号成分，导致信号显示时产生失真；较大的 RBW 有助于宽频带信号的侦测，但将增加底噪值（noise floor），降低测量灵敏度。因此，采用适当的 RBW 是正确使用频谱分析仪的重要概念。

5.3.3　常用仪器

1. Agilent N9020A 频谱分析仪

Agilent N9020A 频谱分析仪能进行快速的信号和频谱分析，实现了速度与性能的最佳优化。除具备高速度，还具备中档分析仪中最高的准确度。图 5-4 所示为 Agilent N9020A 外形图。

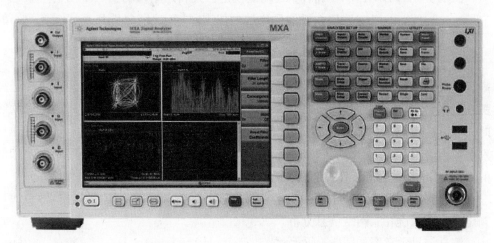

图 5-4　Agilent N9020A 外形图

其主要特性与技术指标有以下几个方面。

1）功能

（1）20Hz 至 3.6,8.4,13.6 或 26.5GHz；高达 26.5GHz 的内部前置放大器选件；

（2）25MHz（标配）或 40MHz（可选）分析带宽；

（3）基本 EMI 预先一致性测量功能，包括 CISPR 16-1-1 带宽、探测器、幅度校正因数、频段预置、游标处调谐、监听和限制线。

2）性能

（1）±0.23dB 绝对幅度精度；

（2）＋20dBm 三阶截获；

（3）利用前置放大器可生成 −166dBm 显示平均噪声电平（Displayed Average Noise Level，DANL）；

（4）−78dB W-CDMA ACLR 动态范围（噪声修正功能启动）。

3）自动测试和通信接口

（1）符合 LXI C 类标准，并支持 SCPI 和 IVI-COM；

（2）USB 2.0、1000Base-T LAN、GPIB；

（3）通过 PSA、8566/68 和 856x 可实现远程编程语言兼容性；

（4）通用的 X 系列用户界面/开放式 Windows XP 操作系统。

2. 乐华 DM16 4HD-DIGIMAX 综合频谱测试仪

DM16 4HD-DIGIMAX 综合频谱测试仪是意大利乐华仪器公司推出的一款包含卫星、有线、地面电视信号和广播信号测试的仪表，具备频谱分析和高清图像解码的功能。

DM16 配备 4.5in TFT 彩色高清显示器和 2.5in 图表显示器。独有的双显示器配置，可以同时进行图像和信号频谱的监测。DM16 质量为 2.5kg，方便携带和进行野外测试。在全负荷的条件下，能够持续测试 2h；在关闭一个显示器的条件下，续航时间能够达到 4h。DM16 4HD-DIGIMAX 的信号自动分析技术可以帮助用户快速识别信号类型，并且可以自动获取信号参数，进行信号质量测试，实现带有峰值锁定功能的频谱分析技术；配有通用接口，配合授权卡可解密加扰的数字电视节目。

主要测试项目包括：噪声容限、调制误差率、误码率、丢包统计、星座图、信号质量判定、多径干扰侦测、网络信息分析。

测试结果示意图如图 5-5 所示。

 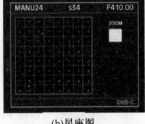 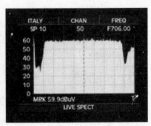

(a)指标参数　　　　　　　(b)星座图　　　　　　　(c)频谱

图 5-5　测试结果示意图

5.4　天馈线系统检测

5.4.1　测试说明

天馈线系统通过天线向空中辐射电磁波,将发射系统送来的导行波的能量转换成向空间传播的电磁波的能量,从而将信号传送到覆盖区域。天馈线系统安装质量和运行情况的好坏直接影响无线信号的覆盖。当发射天馈线发生故障时,发射信号将会产生损耗,影响发射信号的覆盖范围。当故障较为严重时,甚至会损坏天馈线系统和发射设备。

天馈线系统的故障主要发生在天线、电缆和接头上。天馈线系统容易出现的问题包括:馈线扭曲、连接器锈蚀、其他天线干扰、雷电袭击、馈线进水、缆线穿孔等,这些将导致天馈线系统性能下降并影响信号覆盖,最终导致通信中断。

对天馈线进行测试主要是通过测量其驻波比(VSWR)、回波损耗、隔离度(isolation)等来判断天馈线的安装质量和运行情况的好坏。

5.4.2　仪器介绍

天馈线系统测试通常使用天馈线测试仪。天馈线测试仪是一种测试基站天馈线系统驻波比、匹配性等指标的专用仪表。天馈线测试仪的主要功能包括:①驻波比测试;②故障定位(Distance To Fault,DTF);③电缆损耗(cable loss)测试;④射频功率测试;⑤其他,如数据保存、载入、网络连接等。

目前全球主要生产厂家有韩国 INNO、日本安立、美国鸟牌、天津德力等。

5.4.3　常用仪器

1. Site Master S332D 天馈线测试仪

Site Master 是日本安立(ANRITSU)公司生产的一种手持式电缆和天线分析仪,具有体积小、操作简单等特点,便于技术人员在现场对天馈线进行测试。Site Master 采用频域反射计技术,可测量天馈线的驻波比、馈线的回波损耗、缆线的插入损耗及进行故障定位,并可与计算机相连,通过在 Windows 环境下运行的软件对其数据进行管理和分析。加上可选的功率计配件后可以测量发射站的发射功率。图 5-6所示为 Site Master S332D 外形图,其主要功能特点如下。

图 5-6　Site Master S332D 外形图

（1）频率范围。100kHz～3000MHz、4.7～6GHz，覆盖所有频段而不用额外的仪表。

（2）内置标准信号和频率信道。标准通信制式让无线工程师不用进行信道频率转换。

（3）小于等于－135dBm 幅度灵敏度，能够探测微小信号。

（4）一键测量。对于场强、占用带宽、信道功率、邻频道功率比和载扰比等指标，能快速、方便地测量。

（5）干扰分析测量。分析接收信号，并显示该信号类型和带宽，以便查明干扰源。

（6）载扰比(C/I)测量。确保在干扰存在时的信号质量。

2. E7000 系列手持天馈线测试仪

E7000 系列手持天馈线测试仪由天津德力电子仪器有限公司设计制造。其主要功能特点如下。

（1）VSWR 和回波损耗测量。提供标准的回波损耗和驻波比测试功能，校准后反射动态范围接近 50dB，为精确测试天馈线系统指标提供了保证。

（2）电缆损耗测量。精准完成馈线传输插入损耗测试，并自动根据测试数据得到馈线系统的平均损耗结果。

（3）阻抗圆图分析。定量分析阻抗频率分布指标，用于调整天馈线系统的阻抗匹配。

（4）故障定位。故障定位测量采用快速傅里叶变换技术将频域数据变换到时域，实现对距离的精确分析。利用迹线运算功能，对比历史数据从而得到长时间的变化情况。

（5）双通道测试。双通道测试功能可同时完成驻波比测试和故障点定位，并同屏显示测试结果，大大提高了测试效率。还可以单独控制上、下两个通道，设置不同的光标位置和合格限数据。

（6）单端口校准。校准方式分为标准校准和全带校准两种方式。采用开路器、短路器和负载进行校准，消除了源失配误差、方向性误差和接收机频响误差，可以进行精确的矢量测量。方向性误差是主要的不确定因素，采用德力公司的校准件，校准后的方向性可接近 50dB。

标准校准方式是针对设定的频率范围进行校准的，校准后改变扫描点数，不必重新校准，但不可改变频率范围，这种校准方式精度高。

全带校准方式不同于标准校准方式，采用全频带校准，在用户关心的频段采用插值计算方法，校准后扫描点数和频率范围都可以改变。但这种校准方式精度略低于标准校准方式，在响应变化剧烈的频段误差更大。

（7）干扰抑制。专业抗干扰设计，在复杂的多种信号共存基站测试中仍能精确地完成天馈线系统测试。

5.5　覆 盖 测 试

5.5.1　测试说明

覆盖测试用于客观地评价地面数字电视广播网络信号的覆盖范围和覆盖质量。覆盖测试采用专用的测试仪器，在道路或定点进行信号质量测量、数据的收集和分析。覆盖测试直接面向网络，贴近最终用户的感受，因此可以直接观察到现网的运行情况和关键问题，是网络优化工作中相当重要的一环。

覆盖测试的项目包括：

（1）场强。基本测试指标，显示该测试点能否接收广播信号。

（2）误码率/误块率。基本的信号质量评价。显示该测试点的信号误码率，例如，测试点的误码率大于可接受范围，则可判断该测试点接收不良。

（3）调制误差率。发射机信号质量的基本指标，显示发射机输出的射频调制信号是否良好。

（4）载噪比。参考指标，可帮助判断是否因环境噪声太高导致接收效果不良。

（5）多径检测。参考指标，多径检测（时延）可帮助判断是否因环境建筑物引起回波反射、绕射而导致接收效果不良。

（6）覆盖效果图。重要的参考指标，可帮助分析覆盖区域内的整体覆盖效果，包括场强、误码率、载噪比等指标的测试记录。

5.5.2　仪器介绍

覆盖测试通常采用路测仪进行。路测仪一般由前台测试设备、前台测试软件和后台分析软件组成。现在也有一种趋势,将前、后台软件结合在一起,以统一的软件形式出现,使用起来更方便。

(1) 前台测试设备、软件。俗称为路测设备,用于测试和收集空中信号的场强、误码率、调制误差率等各种数据。较好的测试软件还允许操作者随时观察和统计异常的情况。输出 log 文件。

(2) 后台数据分析软件。是一套基于前台测试 log 文件的后处理软件。通过导入路测的 log 文件,设置相关的处理参数,可生成一系列的处理后数据。包括对网络评分、各种测试参数的地理分布图等,并且操作者可根据自己意愿进行一定条件的数据查询等。

5.6　终端产品测量仪器

数字电视产品测量主要在实验室进行,通过由测量设备和专用设备建立的地面数字电视传输测试系统,实现在接收信号中加入各种噪声或干扰,模拟接收环境,对被测产品的各项性能进行测试。

其中主要仪器包括:码流发生器、信道测试平台、音视频分析仪等。

5.6.1　码流发生器

码流发生器为测量系统提供信号源,将储存于其中的数字电视节目码流或标准的测试码流以指定码率播出。

推荐设备:MDW1889G 型视频测试信号发生器(牡丹视源),如图 5-7 所示。

MDW1889G 拥有高清、标清格式的几百种测试信号,集成了电视机能效测试标准信号。包含了《数字电视接收设备测试信号》要求的全部码流信号源,并且用户可以自定义各种非标准信号。其主要性能特点如下。

(1) ASI 口输出符合 IEC 62087－2008 的动态视频测试 TS 信号,并且可将 10min39s 的活动测试序列无限次地循环播放。

(2) ASI 口输出用于电视机能效测试的 TS 静止图像,包括:① 极限八灰度信号;

图 5-7　MDW1889G 型视频测试信号发生器

② 17% APL 黑底白九窗口信号；③ 全白场；④ 全黑场；⑤ 三垂直条信号；⑥ 彩条信号。包括 720×576i(50Hz)标清信号和 1920×1080i(50Hz)高清信号两套节目。

（3）动态视频测试信号中复合有频率为 1kHz 的正弦波音频信号。

（4）支持我国和国际标准的 SDTV,EDTV,HDTV 和 VESA 显示格式。

（5）HDTV,EDTV 格式下有 HDMI,DVI,VGA,YPbPr 输出。

（6）SDTV 格式下有 CVBS,S-Video,HDMI,DVI,YPbPr 和欧洲 SCART（选购）输出。

（7）LCD 彩屏用户界面，选取信号方便快捷，可编辑信号组合。

（8）支持 IIS 数字音频格式。

（9）左右声道立体声音频输出。

（10）装有亮度/色度延时误差和音视频同步测量信号（供参考使用）。

（11）HDMI1.3 满刻度 DEEP COLOUR 图形，数据 24/30/36 比特自由切换。

（12）R/G/B 输出幅度统调。R 输出幅度单独调整、G 输出幅度单独调整、B 输出幅度单独调整。

（13）Y 输出幅度调整。

（14）输出信号行结构调整，场结构调整。

（15）输出信号像素时钟调整。

（16）HDMI 输出幅度 TMDS 可调整。

（17）用户自定义的各种非标准信号。

（18）外设接口有 LAN、USB、RS-232。

（19）左右声道立体声音频输出。

（20）灵活的触发信号，可随机触发，也可定义为脉冲信号触发时间和信号宽度。用于示波器、相机等设备记录的触发信号。其技术参数见表 5-3。

表 5-3　技术参数

项　　目			特　性　说　明
视频输出 (各接口可 同时输出)	PC 兼容 SD/ED/HD	DVI-D	符合 DVI 1.0 规范 注:目前 HDTV 国家标准无该规范,仅供参考
	SD/ED/HD/ 兼容 PC	HDMI	符合 HDMI1.3 规范; 编码输入数据 24/30/36 比特 RGB; 标准输出:400mV≤VSwing≤600mV; 可调范围:10mV≤VSwing≤1500mV; 音频输入数据 IIS HDMI-A 型插座 注:目前 HDTV 国家标准无该规范,仅供参考

项目					特性说明
视频输出 (各接口可 同时输出)	SD/ED/HD	YPbPr	Y	幅度	标准输出:(700±10)mV(峰峰值,正极性) RCA;75W 可调范围:0~(700±10)mV(峰峰值)
				频响	1~30MHz　±0.5dB
			PbPr	幅度	(±350±10)mV RCA,75W
				频响	0.5~15MHz　±0.5dB
			亮度/色度时延差		≤3ns
	PC 兼容 ED/HD	RGBHV	RGB	幅度	标准输出:(700±14)mV(峰峰值,正极性), 75W;可调范围:0~(700±14)mV(峰峰值)
			HD,VD		>3.0V,TTL 电平,高阻
	SD	S-Video			输出幅度 1V(峰峰值),75W
		VIDEO			输出幅度 1V(峰峰值)　RCA,75W
	SD	SCART			(欧洲插座)选购
行/场结构	可调范围				±20%
像素时钟	可调范围				复合视频信号:±10%; 模拟分量和 RGB 部分:±20%; 数字部分(DVI,HDMI):±20%
音频输出 (单声道、 双声道、 立体声)	输出幅度				1kHz 正弦波,>1V(均方根值)/0dB
	失真度				1kHz 正弦波,≤1%
	接口				RCA×2,SCART(选购),≥10kW
	音频解码方式				IIS 数字音频格式
电视能效测试	DVB-ASI 接口,TS 输出端口,BNC,75Ω				
电源功率	AC 100~264V / 47~63Hz,≤28W				
尺寸\质量	3U(H)×482mm(W)×415mm(L),8kg				

其他类似设备还有 MTX100 码流发生器(美国泰克公司)。

5.6.2　SFU 广播电视测试仪

　　罗德与施瓦茨公司出品的 SFU 数字电视测试系统是为数字电视测量的不同应用而设计开发的。它把多台仪器的功能组合到一台仪器内,并提供卓越的基带与射频特性,这使得操作更迅速更简单。采用模块式的设计理念,可以适用于用户不同的应用。SFU 广泛用于数字电视标准产品的研发与测试。其外形如图 5-8 所示。

图 5-8　SFU 广播电视测试仪

　　SFU 可以根据实际需要配置不同的选件,其选件可以支持:

　　(1) 集成了全球几乎所有的数字电视/手机电视标准;

　　(2) 支持实时模拟电视信号发生,满足所有模拟电视标准;

　　(3) 输出频率范围为 100kHz～3GHz;

　　(4) 内部集成数字和模拟电视干扰信号源,用于测试邻频干扰;

　　(5) 提供多种信道仿真功能,包括多径衰落、各类噪声等;

　　(6) 提供高精度误码率测量;

　　(7) 内置 TS 码流发生器,可以播放无缝循环 GTS 码流;

　　(8) 支持 TRP 格式码流(兼容 TS)、ETI 基带码流记录和播放。

　　SFU 广播电视测试系统基本上集成了所有数字电视网络前端设备。从码流、干扰模拟、多径模拟到调制输出,信道模拟功能强大,可以集成多种仿真信号源。采用 SFU 广播电视测试系统测量数字电视终端产品时,只需将被测接收机与 SFU 通过射频线缆连接,就可以完成对地面数字电视接收机(器)的所有信道指标测量,如图 5-9 所示。

图 5-9　终端信道指标测试平台

5.6.3　VM700T 音视频分析仪

VM700T 音视频分析仪是美国泰克公司出品的音视频测试产品之一,用于视频信号、音频信号的监视和完成各种测量项目。VM700T 有全自动和全手动两种测量模式。自动模式可以迅速、自动地完成标准视频传输测量,包括 CCIR Rep. 624-1、Rec. 567、Rec. 569 等规定的项目。无论场消隐期间还是全场测量均可进行,并能与用户定义的测量容限相比较。当测量结果超出所规定的上、下容限时,仪器就会发出提示或告警信息,并可按照操作者预定的时间或者受某一指定事件的触发而自动生成打印测量报告。

VM700T 测量模式(measure mode)可以自动地用图形实时显示测量结果。场消隐期或全场测量的各个项目,包括噪声频谱、群时延、K 系数、微分增益、微分相位等均能以清楚、直观、易于了解的形式呈现在屏幕上,并给出数字关系的测量结果。用户定义的测量容限值可以直观地反映在每种图形中。用户还可按照自己测量的要求,编制测量项目和报告格式。VM700T 可以自动地对被选的测量项目所需的有效测试信号进行鉴别和定位,节省测试信号手动定位的时间。

VM700T 是一种全功能的音视频测量仪器,其内置所有电视图像视频信号和音频信号的测量项目。图形显示界面直观,操作方便,信号读取和测试迅速、准确,是电视领域内广泛采用的音视频测试仪器。VM700T 音视频分析仪的外形如图 5-10 所示。

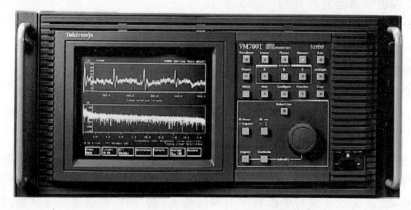

图 5-10　VM700T 音视频分析仪

数字电视终端产品测试中,采用一台信号发生器和 VM700T 音视频分析仪,即能分析、测量被测接收机输出音视频信号的技术指标。其测试平台如图 5-11 所示。

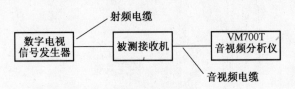

图 5-11　终端音视频指标测试平台

数字电视信号发生器产生经过调制的标准音视频测试信号,通过被测接收机解调并解码,输出音视频信号到 VM700T 音视频分析仪。VM700T 音视频分析仪分析被测接收机输出的音视频信号,测量被测接收机输出音视频信号的各项技术指标。

附录 A　汉明距离与校验矩阵

1. 汉明距离

在一个码组集合中,把任意两个码字之间对应位上码元取值不同位的数目定义为这两个码字之间的汉明距离,即

$$d(x,y) = \sum x[i] \otimes y[i]$$

式中:$i=0,1,\cdots,n-1$;x,y 都是 n 位的编码;$\otimes$ 表示异或。例如,(00)与(01)的距离是 1,(110)和(101)的距离是 2。在一个码组集合中,任意两个编码之间汉明距离的最小值称为这个码组的最小汉明距离。最小汉明距离越大,码组越具有抗干扰能力。

下面用 $d_{\min}$ 表示码组的最小汉明距离。

(1) 当码组用于检测错误时,设可检测 e 个位的错误,则

$$d_{\min} \geqslant e+1$$

设有两个距离为 d 的码字 A 和 B,如果 A 出现了 e 个错误,则 A 码变成了以 A 为圆心、e 为半径的球体表面的码字。为了能够准确地分辨出这些码字既不是 A 也不是 B,那么码字 A 误码后变成的球面上的点与码字 B 至少应该有一位距离(如果码字 B 在球面上或在球面内部则无法分辨出到底码字 B 是不是码字 A 的错误码),即码字 A 与 B 之间的最小距离 $d_{\min} \geqslant e+1$。

(2) 若码组用于纠错,设可纠错 t 个位的错误,则

$$d_{\min} \geqslant 2t+1$$

设有码字 A 和 B,如果 A 出现了 t 个错误,B 也出现了 t 个错误,则 A 码变成以 A 为圆心、t 为半径的球面上的码字;B 码变成以 B 为圆心、t 为半径的球面上的码字。为了在出现 t 个错之后仍能分辨一个码字到底是属于 A 的错码还是属于 B 的错码,则以 A、B 为球心的两个球面应该不相交,即球心 A、B 之间的距离应该大于 $2t$,所以 $d_{\min} \geqslant 2t+1$。

(3) 如果码组用于纠正 t 个错,检测 e 个错,则

$$d_{\min} \geqslant e+t+1, \qquad e > t$$

这种检错纠错方式结合的情况同上述两种情况类似。当码字出现 t 个或者小于 t 个错时，系统按照纠错方式工作；当码字出现超过 t 个错且小于等于 e 个错时，系统按照检错方式工作；当 A 出现 e 个错，B 出现 t 个错时，既要纠正 B 的错，又要发现 A 的错，则以 A 为球心、e 为半径的球和以 B 为球心、t 为半径的球应该不相交，即 A、B 之间的距离应该大于 $e+t$，所以 $d_{\min} \geqslant e+t+1$。

2. 校验矩阵

设计好码的目标之一就是有好的编码和译码方法。用输入向量（未编码的字）乘以生成矩阵就得到码字，同样可以用类似的构想检测一个码字是否合法。对一个给定的码，这样的矩阵称为检验矩阵（parity check matrix），记为 $\boldsymbol{H}$。对一个奇偶校验矩阵有

$$cH^{\mathrm{T}} = 0$$

式中：c 是个合法的码字。因为 $\boldsymbol{c} = \boldsymbol{uG}$，故有 $\boldsymbol{uGH}^{\mathrm{T}} = 0$。奇偶校验矩阵的大小为 $(n-k) \times n$。奇偶校验矩阵提供了一个检测是否发生错误的简单方法。如果接收端收到的字与 $\boldsymbol{H}$ 的转置的乘积是一个非零向量，这说明发生了错误。但当传输的码字中的错误数目超过编码方案所设计的错误数目允许范围时，这种方法可能会失败。乘积 $c\boldsymbol{H}^{\mathrm{T}}$ 非零不仅可以检测错误，而且在某些条件下还可以纠正错误。

附录 B 常用专业术语与缩略语

8-VSB	Trellis-Coded 8-Level Vestigial Side-Band	八电平残留边带调制
AC	Alternating Current	交流电
ASI	Asynchronous Serial Interface	异步串行接口
ATSC	Advanced Television Systems Committee	美国地面数字电视传输标准
BAT	Bouquet Association Table	业务群关联表
BCD	Binary Coded Decimal	二一十进制编码
BCH	Bose、Ray-Chaudhuri 与 Hocquenghem 缩写	纠错编码
BER	Bit Error Rate	误码率
CA	Conditional Access	条件接收
CAS	Conditional Access System	条件接收系统
CAT	Conditional Access Table	条件接收表
C-OFDM	Coded Orthogonal Frequency Division Multiplexing	编码正交频分复用
CRC	Cyclic Redundancy Check	循环冗余校验
DAB	Digital Audio Broadcasting	数字音频广播
DIT	Discontinuity Information Table	间断信息表
DTMB	Digital Terrestrial Multimedia Broadcasting	中国地面数字电视标准
DTS	Decoding Time Stamp	解码时间戳
DVB	Digital Video Broadcasting	数字视频广播
DVB-C	Digital Video Broadcasting-Cable	欧洲数字电视广播传输标准(有线)
DVB-S	Digital Video Broadcasting-Satellite	欧洲数字电视广播传输标准(卫星)
DVB-T	Digital Video Broadcasting-Terrestrial	欧洲数字电视广播传输标准(地面)
DVD	Digital Versatile Disc	数字通用光盘
EBU	European Broadcasting Union	欧洲广播联盟
EIT	Event Information Table	事件信息表
EMM	Entitlement Management Message	授权管理信息
EPG	Electronic Program Guide	电子节目指南
ES	Elementary Stream	基本流
ETS	European Telecommunication Standard	欧洲电信标准
ETSI	European Telecommunication Standard Institute	欧洲电信标准委员会
FEC	Forward Error Correction	前向纠错

FLS	Forward Link Signalling	前向链接信令
FTP	File Transfer Protocol	文件传输协议
GPS	Global Positioning System	全球定位系统
HTTP	Hyper Text Transfer Protocol	超文本传输协议
ID	Identifier	标识符
IEC	International Electrotechnical Commission	国际电工委员会
IF	Intermediate Frequency	中频
IP	Internet Protocol	因特网协议
IPPV	Impulse Pay Per View	即时按次付费节目
IRD	Integrated Receiver Decoder	综合接收解码器
ISDB-T	Integrated Service Digital Broadcasting-Terrestrial	日本地面综合业务数字广播标准
ISO	International Organization for Standardization	国际标准化组织
ITU、	International Telecommunication Union	国际电联组织
JTC	Joint Technical Committee	联合技术委员会
LDPC	Low Density Parity Check Codes	低密度校验码
LNA	Low Noise Amplifier	低噪声放大器
LSB	Least Significant Bit	最低有效位
MER	Modulation Error Ratio	调制误差率
MFN	Multi Frequency Network	多频网
MPEG	Moving Picture Experts Group	运动图像专家组
MPTS	Multi Program Transport Stream	多节目传输流
NIT	Network Information Table	网络信息表
NVOD	Near Video On Demand	准视频点播
OFDM	Orthogonal Frequency Division Multiplexing	正交频分复用
OSD	On Screen Display	屏幕显示
PAPR	Peak to Average Power Ratio	峰值平均功率比
PAT	Program Association Table	节目关联表
PCR	Program Clock Reference	节目时钟基准
PDC	Program Delivery Control	节目传送控制
PES	Packetized Elementary Stream	打包的基本流
PID	Packet Identifier	包标识符
PIL	Program Identification Label	节目标识标签
PMT	Program Map Table	节目映射表
PPC	Pay Per Channel	按频道付费
pps	pulse per second	秒脉冲

PPV	Pay Per View	按次付费
PS	Program stream	节目流
PSI	Program Specific Information	节目特定信息
PSTN	Public Switched Telephone Network	公共交换电话网
PTS	Presentation Time Stamp	显示时间戳
QAM	Quadrature Amplitude Modulation	正交幅度调制
QPSK	Quaternary Phase Shift Keying	四相相移键控
RF	Radio Frequency	射频
RS	Reed-Solomon	里德-所罗门
RST	Running Status Table	运行状态表
RX	Receiver	收端
SDI	Serial Digital Interface	串行数字接口
SDT	Service Description Table	业务描述表
SF	Second Frame	秒帧
SFN	Single Frequency Network	单频网
SI	Service Information	业务信息
SIP	Second frame Initialization Packet	秒帧初始化包
SIT	Selection Information Table	选择信息表
SMS	Subscriber Management System	用户管理系统
SPI	Synchronous Parallel Interface	同步并行接口
SPTS	Single Program Transport Stream	单节目传输流
ST	Stuffing Table	填充表
STB	Set Top Box	机顶盒
STC	System Time Clock	系统时钟
TCP	Transport Control Protocol	传输控制协议
TDS-OFDM	Time Domain Synchronization-Orthogonal Frequency Division Multiplexing	时域同步正交频分复用
TDT	Time and Date Table	时间和日期表
TOT	Time Offset Table	时间偏移表
TS	Transport Stream	传输流
TSDT	Transport Stream Description Table	传送流描述表
TX	Transmitter	发端
UHF	Ultra High Frequency	特高频
UML	Unified Modeling Language	统一建模语言
UTC	Universal Time, Co-ordinated	世界协调时
VBI	Vertical Blanking Interval	场消隐期

VBV	Video Buffer Verifier	视频缓冲验证
VHF	Very High Frequency	甚高频
VOD	Video On Demand	视频点播
VPS	Video Programme System	视频节目系统
VSWR	Voltage Standing Wave Ratio	电压驻波比
WAP	Wireless Application Protocol	无线应用通信协议
XML	eXtensible Markup Language	可扩展标记语言

参 考 文 献

地面数字电视传输技术白皮书,清华大学数字电视传输技术研发中心.

GB 20600—2006,数字电视地面广播传输系统帧结构、信道编码和调制.

GY/T 229.2—2008,地面数字电视广播激励器技术要求和测量方法.

GB/T 14433—1993,彩色电视广播覆盖网技术规定.

GY/T 229.4—2008,地面数字电视广播发射机技术要求和测量方法.

GY/T 238.1—2008,地面数字电视广播信号覆盖客观评估和测量方法第 1 部分:单点发射室外固定接收.

GY/T 5051—94,电视和调频广播发射天线馈线系统技术指标.

GY/T 5052—94,电视和调频广播发射天线馈线系统技术指标.

GB/T 26683—2011,地面数字电视接收器通用规范.

GB/T 26684—2011,地面数字电视接收器测量方法.

GB/T 26685—2011,地面数字电视接收机测量方法.

GB/T 26686—2011,地面数字电视接收机通用规范.

GB/T 26274—2010,数字电视码流分析仪通用规范.

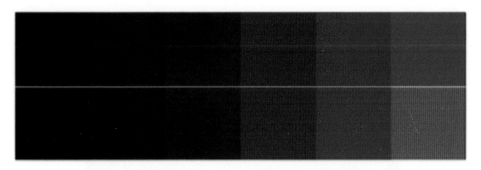

图 4-14　5 阶梯红色在发生 20％微分增益时的视觉效果

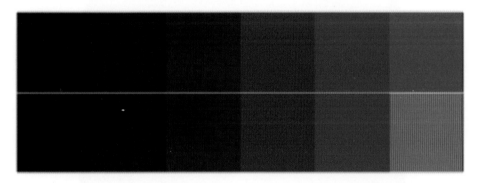

图 4-15　5 阶梯红色在发生 19°微分相位时的视觉效果

(a)没有色度/亮度时延差的图像　　　　　　(b)色度/亮度延时300ns的图像

图 4-19　色度/亮度时延差的影响

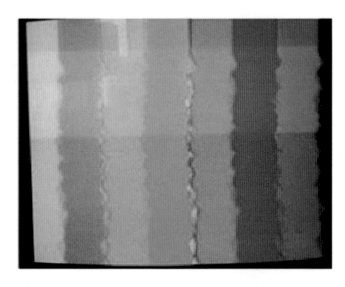

图 4-20　同步电平偏低造成图像扭曲

图 4-22　色同步信号偏低时图像偏色或无色